5분과 5분 사이

오늘 하루, 그대의 5분들은 어떠셨나요?

5분과 5분 사이

이어라 지음

좋은땅

머리말

세상에는 다양한 5분들이 있습니다.

지금 제가 이 글을 쓰고 있는 순간에도, 누군가에겐 소중한 이를 떠나보내기 위한 5분이 흘러가고 있을 수 있어요.

반대로, 당신이 이 글을 읽고 있는 순간에는, 누군가가 소중한 생명을 맞이하는 5분이 흘러가고 있을 수도 있고요.

어쩌면 평생에 한 번도 경험해 보지 못할 5분들과, 어쩌면 매일 반복되어 인지하지 못한 채로 흘러가는 5분들.

그런 다양한 5분들을 이야기로 써 보고 싶었습니다.

[5분들은 우리의 인생에서 어떤 의미를 가질까?]

우리는 5분이란 시간을 얼마나 자주 생각하며 살아가고 있을까요? 무심코 지나가는 시간 속에서도, 우리 삶은 5분 단위로 작게 나누어져 있습니다.

짧다고 생각하면 찰나와 같지만, 길다고 생각하면 영겁과 같은, 참 신기한 시간입니다.

5분이라는 시간은 우리의 하루를, 우리의 인생을 구성하는 작은 조각들입니다.

[5분이라는 시간은 무엇을 의미할까?]

때로는 5분이 삶의 중요한 결정이 내려지는 순간일 수도 있고, 때로는 아무 의미 없이 흘러가는 순간일 수도 있습니다.

하지만, 모든 5분은 그 자체로 고유한 가치를 가지고 있다는 사실을 인지하기 힘듭니다. 각자의 5분이 모여 하루를, 그 하루가 모여 한 달, 일 년 그리고 결국에는 우리의 삶 전체를 형성하게 되는 거죠.

이 책은, 그러한 5분들에 대한 이야기입니다.

[5분들 속에서 무엇을 경험하고, 어떤 감정을 느낄까?]

죽음을 앞둔 5분의 공포와 평온함, 사랑을 고백하기 전의 설렘과 두려움, 그리고 사랑을 잃고 난 후의 텅 빈 5분의 고요함.

그 외에도 삶의 수많은 5분들이 우리의 내면에 어떤 흔적을 남기는지, 그리고 그 순간들이 우리의 인생을 어떻게 빚어 가는지 생각해 보았습니다.

현재의 우리는 다양한 5분들이 쌓여 형성되었고, 앞으로도 많은 5분들을 마주할 것입니다.

오늘 하루,

그대의 5분들은 어떠셨나요?

CONTENTS

01. 죽음, 5분

- 김병민, 57세

김병민의 손을 나보다 잘 움직이는 사람은 없다.

김병민의 발을 나보다 잘 움직이는 사람도 없다.

눈, 팔과 다리, 김병민의 신체 중에 예외는 없다.

김병민을 40년이 넘도록 하였다.

몸의 움직임은 나의 의지다.

태어났을 때부터, 죽을 때까지.

즉, 지금까지.

손이 움직이지 않는다. 발이 움직이지 않는다. 눈이 떠지지 않는다.

아침까지만 해도 급하게 양말을 쑤셔 넣던 손과 발이.

잘 신었다며 만족하던 눈이.

나의 지배에서 벗어난다.

이제 내가 김병민을 할 수 있는 것이 뭐가 남았을까?

아, 딱 하나 있다.

"괜찮으세요!"

귀다. 그래, 아직 남아 있었구나. 비록 눈으로 어떤 상황인지 판단할 수는 없지만, 그나마 너라도 살아 있어 다행이다. 주변의 다급한 소리로 어떤 상황인지 알 수 있으니까.

"구급차! 거기 노란색 옷 입으신 분! 빨리 119 좀 불러 주세요!"

나 많이 심각한가 보네.

어쩌다가 이렇게 되었을까.

분명 평소와 같은 차를 타고, 평소와 같은 도로로 출근하고 있었다. 평소와 같은 신호등에서 멈췄고, 평소와 같은 하늘을 바라보았다.

하지만 옆에서 달려오던 트럭은, 평소에 볼 수 없었던 이질적인 것이었다.

무언가 시도해 보기도 전에, 종잇장마냥 구겨지는 나의 차가 보였다. 그것이 내 눈이 담은 마지막 기록이다.

"저기요! 눈 좀 떠 보세요! 정신 차려요!

들린다. 너무 잘 들린다.

아, 고마운 사람.

내 목소리로 대답하고자 시도했지만, 폐에서 성대를 통과하지 못했다. 성대가 이렇게 뚫기 어려운 존재였던가. 말을 하기 위해서는 배에 조금이라도 힘을 줘야 한다는 사실을, 머리로는 알고 있었지만, 체감하는 것은 처음이다.

몸의 감각을 다 잃고 나서야 비로소 체감하다니.

제발 살려 주세요.

"히잉. 허어."

김병민 입의 마지막 행위는, 살려 달라는 말을 하기 위해 바람 빠지는 소리를 낸 것이 되었다.

사실 아프지는 않다. 지금 내 표정은 분명 고통스러운 사람의 표정은 아닐 것이다.

혹시 이건 꿈 아닐까?

팔다리가 움직이지 않고 눈조차도 떠지지 않는데, 이렇게 아프지 않을 리가 없다. 그래, 이건 어제 내가 아들한테 취업 좀 하라고, 신경질을 내서 받는 벌 같은 꿈일 것이다.

그래, 벌 같은 꿈.

이따가 잠에서 깨어나면, 어제는 미안했다고 용돈이나 좀 줄까. 아니다. 생각해 보니 아내와 등산하자는 약속을 계속 미뤄서 받는 벌일 수도 있다. 그래. 일어나면 출근 전 아침 식사 때,

이번 주말에는 꼭 등산이나 가자고. 등산 후에 연애 시절처럼 막걸리도 먹고, 파전도 먹자고. 아들 녀석이 옆에서 이상한 표정 지을 게 눈에 훤하지만 무슨 상관이랴. 그 표정만이라도 보고 싶다. 어이없어하는 그 표정들이 너무 보고 싶다.

죽기 싫다.

제발, 죽기 싫다.

왜 나에게 이런 개같은 일이 생기는 거지?

나쁘지 않게 살았다. 물론 남에게 전혀 피해를 끼치지 않았다고는 생각하지 않는다. 가끔 껌도 하수구에 뱉고, 분리수거가 귀찮다고 종량제 봉투에 몰래 넣은 적도 있다. 아내에게 친구 아버지 장례식이라고 하며 나와, 당구장도 가 봤다.

근데, 그게 이렇게 죽을죄라고?

나름 스스로 면죄부를 얻고자, 기부도 몇 번 했다. 남들 다 하는 기부. 부족했나?

세상에 얼마나 나쁜 새끼들이 많은데, 왜 내가 죽어야 하지?

트럭 운전수는 뭐 하는 새끼인데 가만히 정차되어 있는 내 차를 박은 거지?

아, 진짜 개같다, 인생.

아니지. 어쩌면 나 살 수도 있는 거 아니야? 생각보다 상처가 별거 아닐 수도 있고, 만약 별거라도 꼭 죽으라는 법은 없지 않나?

“저기요!”

저 목소리의 주인도 괜히 호들갑 피우는 거 아니야?

나 괜찮은데.

이렇게 안 아픈데.

아, 그래도 조금 마음이 편해진다. 죽는 건 아니구나. 그래, 죽을 정도로 다쳤으면 이런 생각이나 하고 있겠어? 아파서 다른 생각은 못 했겠지. 눈도 어느 정도 뜰 수 있을 것 같다.

떠 볼까.

서서히 실선의 세상이 열린다.

희미한 시야 사이로 배를 관통하고 있는 차의 파편들이 보인다. 왼쪽 다리와 왼쪽 팔은 이미 으스러져 형체가 남아 있지 않다.

다시 눈이 감긴다.

꿈이 아니었구나.

나, 죽는구나.

이렇게 어이없이 죽을 거면, 하고 싶었던 일이나 해 볼걸. 항상 핑계였다. 시간이 부족하고, 돈도 없다는, 뻔한 핑계. 시간이야 내가 좀 더 노력했으면 됐고, 돈이야 다른 곳에서 좀 아끼면 됐을 텐데. 늘 결론은 똑같았다.

'다음에 하면 되지.'

하지만, 더 이상 나에게는 미룰 수 있는 다음이 없다.

좀 더 솔직하게 살걸.

반평생 내 성격 받아 주느라 고생했을 게 분명한 희연. 어느 순간부터 괜히 낯간지러워서 사랑한다고 말하지 못했다. 연애할 때는 뻔뻔스레 잘만 했는데. 다음 생일 기념일 때, 아들은 어디 보내 놓고 둘이 좋은 곳이나 다닐까 했는데. 내가 없는 세상의 당신이 너무 걱정된다.

무뚝뚝한 내 앞에서 괜히 앞에서 익살스럽던 아들, 윤우. 아닌 척했지만 나 닮지 않은 성격을 좋아했었다. 어디 가서 미움받고 살진 않겠구나. 사실 나 없어도 잘 살 것 같다. 그렇게 믿고 싶다. 우리 희연이 옆에서 잘 보살펴 줘야 할 텐데.

젠장, 사망 보험이나 더 가입해 둘걸 그랬나.

만화나 영화를 볼 때, 쓴웃음 지으며 죽는 인물들을 보며 코웃음 친 적이 많다. 곧 죽는데 저렇게 할 말 다 한다고?

하지만, 만약 이 죽음이 누군가에게 이야기로 쓰여진다면, 나를 보며 똑같이 코웃음을 치겠지.

생각보다 편하다.

천천히 살아 있음과 멀어지는 것이 느껴진다.

조용하고, 고요하다.

어느 순간부터 여기저기서 들려오는 비명 소리도, 나를 살리기 위해 발버둥치던 주변 사람들의 소리도, 멀리서 들려오던 구급차 소리도, 모두 사라졌다.

세상이 나를 위해 묵념하듯, 고요하다.

입이 저절로 벌려진다.

실선의 세상이 조금씩 넓어진다.

눈이 담아내는 풍경은, 더 이상 내가 알던 세상이 아니었다.

하얗다.

그저 하얀 장소에, 엄마와 아빠가 있다.

엄마, 나 열심히 살았어.

아빠, 저 아빠처럼은 못 되겠더라고요.

소리가 들린다. 긴박한 외침이 아니다.

세상에는 원래 이 소리 외에는 존재하지 않았다는 듯이, 그저 어떠한 소리가 가득 찬다.

….

아, 죽기 싫다.

* 심리학자 엘리자베스 퀴블러-로스(Elisabeth Kübler-Ross, 1926-2004)는 죽음의 5단계를 이렇게 표현하였다.
부정(Denial)-분노(Anger)-협상(Bargaining)-우울(Depression)-수용(Acceptance)

02. 고백, 5분

- 김현민, 17세

"너 왜 갑자기 말이 없어? 조용하니까 엄청 웃기다?"

"세상에서 유일하게 조용해야 웃긴 사내, 그것이 나다."

가벼운 농담에도 옆에서 웃어 주며 걸어가는 모습이, 나를 다시 한 번 설레게 한다. 만나자마자 고백하겠다던 조금 전의 호기로운 나는 어디로 간 걸까.

정신 차리고 보니 어느새 벌써 집 근처까지 도착했다. 이대로 돌려보내서는 안 될 것 같은데, 꼭 오늘 고백해야 할 것 같은데….

"많이 걸었는데, 좀 앉았다 갈래?"

"그럼 저기 벤치에 잠깐 앉을까?"

….

길가에 덩그러니 놓여져 있는 벤치, 그리고 그곳에 앉아 있는 우리. 밤바람에 살랑이는 나무 소리, 은은한 가로등 조명, 옆에서 풍겨 오는 섬유유연제 향기.

모든 요소들이 나를 미치게 만든다.

그냥 옆에 있는 것뿐인데, 계속해서 가슴이 뛴다. 심장박동이 빨라질수록, 조급해진다. 마음이 급하다.

이런 나의 상태와는 다르게, 지금 이 순간들이, 거대한 시간의 바다에 빠져 천천히 흐르는 것만 같다. 마음은 미치도록 요동치지만, 정신은 그 어느 때보다 이성적이다.

심장 따위 자신이 알 바 아니라는 듯, 입은 쉴 새 없이 움직이고 있다.

"그래서 그때 어떻게 했냐면…."

심장이 너무 빠르게 뛴다.

긴장해서일까?

가슴인지 머리인지, 어디에서 우러나오는지 모를 감정들은, 오래된 라디오에서 흘러나오는 음악마냥 떨리고, 서투르며, 명확하지가 않다.

"내가 누구야. 김선생답게 바로…."

입 밖으로 나가고 있는 말과 다르게, 머릿속은 수많은 생각들로 가득 차 있다.

'만약 거절당하면 어쩌지? 앞으로 산책도 같이 못 하나?'

불안한 생각.

'어차피 이런 사이라면 언젠가는 망가지게 될 텐데…. 그리고 고백에 성공하면, 앞으로 매일 산책할 수 있나?'

희망적인 생각.

머리 속에 떠도는 갖가지 생각들은, 어느새 강한 물살에 휩쓸리는 작은 배처럼 통제할 수 없이 마음까지 휘젓고 다니고 있다.

"나 사실 할 말 있었는데…."

찰나의 순간들이 모여 만든 거대한 시간의 바다조차, 결국 유한했다. 시간은 어떤 모습으로든 흘러왔고, 결국은 이 순간이 왔다.

5월치고는 유독 차갑게 불어오는 바람 때문일까. 옆에서 미세한 떨림이 느껴졌다. 마치, 더 이상 시간은 내 편이 아니라고 말해 주는 것처럼 느껴진다.

"뭐야. 너 왜 떨어! 많이 추워? 옷 줄까?"

본인도 추우면서, 왜 나를 걱정하는 거지. 이런 자상함 때문에 내가 너를 좋아하게 되었나 봐.

그래, 고백하자.

이 고백으로 인해 우리 관계가 망가진다 하더라도, 후회하지 않을 것이다. 고백의 후회가, 망설임의 후회보다는 결코 크지 않겠지.

17년 인생, 나의 첫 고백.

어쩌면 어른이 되어서 누군가에게 첫사랑 이야기를 꺼낼 때, 지금 이 순간을 떠올리게 될까?

그 이야기를 하는 순간에도, 여전히 네가 내 옆에 있을까.

결심을 마치고 눈을 마주친 순간, 살며시 입술을 열어 본다.

"추워서 떠는 거 아니야…."

03. 수면, 5분

- 한선연, 28세

폰을 베개 아래로 집어넣는다. 이제 진짜 안 봐야지.

눈을 감는다.

자자. 정말 자자. 지금이 새벽 1시. 6시에 일어나야 하니까, 지금 잠들면 다섯 시간 정도 잘 수 있네. 아, 바로 잠들지는 않을 테니까, 다섯 시간보다 조금 못 자겠다. 아, 애매한데. 6시 10분에 일어날까….

그래, 10분만 더 늦게 일어나자.

다시 폰을 꺼낸다. 6시로 설정해 둔 알람을 십 분 더 늘린다. 그리고는 자연스럽게 인스타그램을 들어간다. 그새 친구들의 소식이 두 개 더 생겼다. 이것만 볼까.

헐, 얘 남자 친구 생겼네. 헤어진 지 얼마나 됐다고….

아, 뭐야. 고양이 귀여워.

아, 이제 진짜 자야지.

다시 폰을 베개 밑으로 넣는다.

눈을 감는다. 내 의지와 상관없이 귀가 열심히 무언가 가져온다.

냉장고의 소음은 베이스가 되었고, 시계의 초침 소리는 드럼이 된다. 낮은 베이스 소리에 맞춰, 시계가 째깍거린다.

아, 거슬리네. 반쯤 일어나 탁자 위 시계를 바라보다가, 다시 베개에 뒤통수를 묻는다. 일어나기도 귀찮다. 지금 일어나면, 10분 만에 잠들지 못할 것 같다.

눈을 감는다.

밝아. 몸을 왼쪽으로 돌린다. 왼쪽 볼을 베개에 묻는다. 왼쪽 눈을 파묻는다. 오른쪽 눈으로 미세한 빛이 들어온다. 창문을 통해 들어오는 달빛. 거슬린다. 다시 몸을 오른쪽으로 돌린다. 오른쪽 볼을 베개에 묻고, 오른쪽 눈을 파묻는다. 다행히 왼쪽 눈에는 아무 것도 들어오지 않는다.

입술을 살짝 여문다. 코로 공기를 마시고, 내뱉는다. 눈과 입은 닫혀 있고, 귀와 코는 열려 있다. 귀는 닫을 수 없나. 의식하는 순간, 다시 냉장고와 시계의 연주 소리가 들려온다.

아, 미치겠네.

손을 올려, 베개 밑을 쓰다듬는다. 핸드폰을 꺼내고 눈을 살며시 떠 본다. 1시 3분. 3분밖에 안 지났네. 10분은 지난 줄 알았는데, 다행이다.

다시 눈을 감는다. 파묻혀 있는 오른쪽 볼에, 무언가 간지럽히는 느낌이 든다.

'베개 피를 언제 빨았더라.'

갑자기 기분이 찝찝하다. 몸과 함께 머리를 90도 돌린다. 뒷머리를 베개에 파묻고, 등을 침대에 붙인다. 다리는 팔자로 펴고. 왼쪽 팔을 배에 올리고, 오른쪽 팔은 옆구리 옆에 살며시 놓는다. 편치 않다. 어쩌지. 오른쪽 팔도 배 위로 올리고 깍지를 껴 본다. 이제 좀 낫네. 내일 빨래 좀 해야지.

나 잠들 수 있을까. 아, 보통 이쯤 되면 갑자기 눈 뜨고, 아침일 텐데. 오늘 왜 이러지. 머리는 자꾸 자야 한다고 하는데. 나도 안다고. 정말 자고 싶은데. 지금 잠들면 얼마나 잘 수 있지.

가라앉는다. 가라앉는 기분이다.

더 이상 아무 생각도 하기 싫다. 그냥 잠들고 싶다. 의식을 코로 돌려 본다. 숨을 들이쉰다. 숨을 내쉰다. 숨을 들이쉬고, 내쉰다. 다시 한 번, 또 한 번, 그리고, 계속.

숨소리로 방 안을 채워 본다. 다른 소리는 없다.

지나치게 고요하다.

문틈 사이로 흘러나오는 아빠의 TV 소리. 엄마 방에서 흘러나오는 희미한 트로트 소리. 혹은 두 분의 대화 소리. 그 파편들로 채워진 어린 시절의 방 안이, 그리워진다.

서울 한복판 8평 남짓한 원룸 속에 묻혀 있는 나는, 너무 고요하다.

낮에는 밝은 사람이다. 햇빛 속에서는 다양한 소리들이 존재한다. 새들의 지저귀는 소리, 지나가는 사람들의 대화 소리, 가끔 울리는 경적 소리. 이러한 소리들은 나를 밝은 사람으로 만들어 준다.

하지만 지금, 나는 혼자다.

나 홀로는 나를 밝게 만들어 줄 수 없다.

제법 센치해진 나, 절대 잠들 수 없을 것 같다.

다시 베개 밑을 뒤져, 손에 잡히는 것을 꺼낸다.

'잘 때 들으면 좋은 플레이리스트 100'

내가 좋아하는 플레이리스트. 평소 나를 재우던 간주 부분이 들려온다. 반복 재생을 활성화한 다음, 폰을 베개 밑에 넣는다.

1시 5분. 불과 5분 사이에, 감정선은 한없이 차가워졌다가, 무언가에 받치고, 끝내 차분해졌다. 편하다.

다시 눈을 감아 본다.

숲속이다. 눈앞에는 처음 보는 새파란 풀들이 무성하고, 그 풀을 초록 고양이가 먹는다. 고양이가 풀도 먹던가. 나를 보더니, 보라색 하늘 위로 뛰어오른다. 그리고 짖는다. 멍멍. 짖음에 응답하듯 바람이 불어온다. 세차지는 않고, 차분하게. 파랑과 보라 사이의 초원이 펼쳐져 있다. 경계선은 뚜렷하지 않다. 덩그러니 서 있는 하얀 나무 한 그루로 걸어간다. 어느새 고양이가 앉아 있다. 옆에는 하얀 뱁새가 날아다닌다. 뱁새가 운다. 야옹. 그러자 옆의 고양이는 따라 짖는다. 멍멍. 숲속의 초원은 차분한 바람에 그저 흐드러지고, 나는 그곳에 누워 있었다.

04. 전화, 5분

- 이종후, 30세

'2024. 08. 10. 04:57'

'-삐'

"여보세요?"

- 뭐 하고 있었니?

"그냥 밥 먹고 산책하고 있었어요. 무슨 일 있으세요?"

- 얘는, 내가 꼭 무슨 일 있어야만 전화하니.

"무슨 일 없으면 다행이죠. 우리 건강하게 오래 살아요."

- 네가 무슨 일 있는 것 같은데? 갑자기 왜 그러니.

"엄마가 더 너무한 거 아니에요? 덕담 좀 할 수도 있지."

- 평소에나 그렇게 좀 말하고 뻔뻔해져라. 누가 너네 아빠 자식 아니랄까 봐 뺀질뺀질해서는.

"아니, 나 키운 건 거의 엄마 아니에요?"

…. 쓸데없는 인사말.

- 요즘 밥은 잘 먹고 다니니?

"밥 안 먹으면 굶어 죽는데 그럼. 엄마나 좀 잘 챙겨 드세요."

- 집에 반찬은 좀 있고? 저번에 냉장고 보니까 뭔 놈의 냉장고에 술밖에 없더니.

"요즘 반찬 가게 잘돼 있어서, 걱정 안 하셔도 괜찮아요. 엄마 반찬보다는 아닌데, 그래도 제법 맛있더라고."

- 당연하지. 어디 엄마 반찬을 반찬 가게에 비벼.

"아무튼 잘 먹고 다니니까 너무 걱정하지 마요."

- 걱정이 안 되니, 내가. 배달 음식 많이 먹지 말고.

"아, 알겠다니까요."

…. 잔소리.

- 너 그때 만나던 민정인가? 잘 만나고 있어? 어떻게 인사 한 번을 안 와. 섭섭하게….

"민정이는 언제적 민정이예요…. 지금은 연수야."

- 그새 바꿨어? 능력도 좋아, 우리 아들.

"당연하죠, 누구 아들인데."

- 하긴 너네 아빠도 왕년에 좀 생기긴 했지.

"아니, 지금은 당연히 엄마 자식이라고 자랑스러워해야 하는 거 아니야?"

…. 의미 없는 농담들.

- 그건 그렇고, 너 시간 있으면 내 얘기 좀 들어 봐라. 글쎄 있잖아. 너 이모네 장사 시작한다고 했던 거 들었지?

"아, 그런 얘기할 거면 끊어요. 나도 바빠."

- 너 어차피 산책한다며. 잠깐이면 돼…. 들어 봐.

"아, 싫다니깐요. 엄마 또 이상한 데에 돈 쓰지 마요."

- 얘는 지금, 그게 엄마한테 할 소리야?

"한두 번도 아니고, 아빠랑 내 생각도 좀 해 줘요."

- 내가 나 혼자 잘되려고 이러는 게 아니잖아. 너 결혼할 때, 우리가 조금이라도 보태 줘야지.

"엄마가 걱정 안 해도 알아서 잘 결혼할 거니까, 너무 신경 쓰지 마요. 엄마도 엄마 인생 살아요. 이미 나는 도움 많이 받았잖아요."

- 네가 내 인생이잖아. 그리고 엄마도 그냥 생각만 하는 중이야, 생각만. 그래서 너한테 물어보려고 하는 거잖아.

…. 쓸데없는 감정 노동, 그리고 미안함과 짜증이 섞인 대화.

"…. 아무튼, 내가 다음에 집에 가면 얼굴 보고 이야기해요."

- 알겠으니까, 일단 엄마가 대충만 얘기한 거니까 생각 좀 해 봐.

"네네, 알겠어요."

- 대답은 한 번만 해야지.

"네이~"

- 어휴…. 나도 너네 아빠 밥이나 좀 차려 주러 가야겠다. 오늘 저녁 잡수고 오신다더니, 갑자기 집 근처라는 거 있지? 내가 못살아, 정말.

"그래도 아빠 없으면 못사시는 분이, 좋으면서 그런다, 또."

- 아빠나 너나 말이나 못하면…. 아무튼 이제 갈 거니까, 엄마한테 할 말은 없어?

"없어요~ 엄마도 아빠랑 식사 맛있게 해요."

- 나는 먹은 지가 언젠데. 아들도 산책 적당히 하고 얼른 집 가서 쉬어.

"알겠어요."

끊지 마. 제발.

'-삐'

다음 날, 엄마는 음주 운전 차에 치여, 죽었다.

아무 의미 없는 이야기가 대부분이었지만, 지금은 나에게 너무나도 많은 의미가 담긴 통화 내용.

겨우 5분밖에 되지 않지만, 우연히 녹음된 이 통화 내용을 몇 번이나 재생했는지 모르겠다.

계속해서 마음에 가시처럼 걸려 있는 마지막 엄마의 질문.

엄마한테 할 말은 없어?

엄마는 무슨 말이 듣고 싶었을까.

항상 혼자 생각에 잠겨 있을 때마다, 그 질문이 가슴속 어딘가에 걸려 있다.

아마 '사랑해요.' 같은 그런 말을 듣고 싶으셨던 걸까. 아빠도 그렇고 나도 그렇고, 둘 다 무뚝뚝하니까, 엄마는 우리랑 다르게 정이 많으셨으니까.

그게 뭐라고. 그냥 가볍게 한 번이라도 말해 드릴걸.

지금은 엄마가 안 물어봐 줘도 너무 하고 싶은 말이 많아요.

엄마가 해 준 갈비찜이 먹고 싶어요.

아무 얘기나 상관없으니까 저랑 눈을 마주치고 이야기해 주세요.

잔소리라도 괜찮으니까 그냥, 그냥 아무 걱정이라도 해 주세요.

보고 싶어요. 사랑해요.

왜 나는 그리 무심히 전화를 끊었을까.

05. 사형, 5분

- 이창원, 26세

"5분 남았다."

내 인생의 결말은 어릴 적 읽던 동화처럼 아름답지 않았다. 세상은 이제 독방의 공간만큼도 나에게 허락하지 않는다.

서서히 다가오는 순사들의 손에 들려 있는 하얀 천을 그저 멍하니 쳐다본다. 애써 고개를 들어 보지만 어두컴컴한 나무 천장만이 나를 내려다보았고, 곧이어 하얀 천 너머로 흘러나오는 전등의 빛이 내 시야의 모든 것이 되었다.

하늘, 푸른 하늘을 마지막으로 보고 싶었다.

뒤로 묶여 있는 손으로 벽을 헤집는다. 이제는 볼 수 없지만, 몇 번 더듬어 겨우 찾아낸 글자의 감촉.

'나의 조국, 나의 행복과 기쁨.'

내가 투옥되었을 때부터 이 순간까지, 이 독방에서 꿈을 꾸었고, 눈물 흘렸다.

정말 끝이구나. 조국을 되찾기 위한 나의 싸움은. 밖에 남은 이들은 끝까지 싸워 줄까?

우리의 싸움이 과연 헛된 것이 아닐까?

어쩌면, 당연스레 찾아올 독립을 좇아, 의미 없는 죽음을 맞이하는 것이 아닐까. 혹은 다시는 찾아오지 않을 독립을 꿈꾸며, 허황된 꿈을 꾸며 살아온 걸까.

애초에 우리의 죽음은 기억될 수 있을까? 헛된 죽음이었다고 비웃음 받지 않을까.

아니다. 우리의 희생은 결코 헛되지 않았을 것이다.

내 죽음은 절대 허망한 것이 아니다. 결코 허망해서는 아니 될 것이다. 적어도 우리의 마음은 이어질 것이고, 이어진 마음은 후대에 분명히 전달될 것이다. 제발, 그렇게 되었으면 좋겠다.

"이동한다."

마지막으로, 마지막으로 벽의 글자에 손을 대어 보려 했지만, 곧장 양옆의 순사가 억지로 몸을 일으킨다. 집행 장소까지는 얼마나 걸릴까. 의미 없는 발버둥을 쳐 본다.

흰 천 너머로 번지던 빛마저 점점 희미해지고, 아무것도 보이지 않게 되었다.

나의 마음은 정말 이어질 수 있을까. 후대의 누군가는 나를 기억해 줄까.

'창원아, 너는 안 무섭냐? 나는 솔직히 무섭다.'

'어찌 안 두렵겠습니까. 다만, 조국을 빼앗겼는데 지식인으로서 어찌 가만히 있겠습니까. 아무 행동도 하지 않았다가, 후회하게 될 제 모습이 더 두렵습니다.'

왜 그 순간의 대화가 떠오르는가.

솔직히 많이 무섭다. 두렵다.

죽고 싶지 않다. 살고 싶다.

이렇게 끝내기 싫다. 더 살고 싶다.

만약 시간을 되돌릴 수 있다면, 나는 같은 선택을 할 것인가?

할 수 있을까?

모르겠다.

…. 아니다, 할 것이다.

나는, 다시 조국을 위해 싸울 것이다.

…. 다행이다.

지금 후회하지 않는다는 것이, 정말 다행이야.

잠시 멈춰 눈을 감고, 따스한 햇살 아래에서 자유롭게 숨 쉬던 그때를 상상한다. 바다, 광활하게 뻗어 있던 태양의 조각들을 다시 한번 눈에 담고 싶다.

"움직여!"

내 죽음까지 몇 걸음이나 남았을까.

가슴이 터질 듯 미어져 온다.

어머니, 그리고 아버지. 아무 말 없이 손을 꼭 잡고 놓아주지 않던 그 마지막 모습. 당신들이 차마 나를 붙잡지 못하던 그 장면들이, 어느새 제 발을 붙잡고 있습니다. 사랑한다고, 감사하다는 한마디라도 드리지 못한 것이 너무 한스럽습니다.

"움직이라니까!"

다리에 힘이 풀렸지만, 더욱 단단해진 순사들의 손에 억지로 몸을 움직인다.

"얼마나 남았소?"

….

26년 인생은 세상에 무엇을 남겼나.

내가 사랑한 이들, 나를 지탱해 주었던 이상, 그리고 꿈꾸던 미래. 내가 좇아온 마음속의 빛이 보이지 않는다. 사라진 것은 아니다. 분명 그 빛은 후대에 이어질 것이며, 그들의 마음을 다시 환히 비추어 줄 것이라 믿는다. 그래, 계속해서 살아남아라. 진정 그 빛이 세상에 나올 때까지, 꼭.

"준비됐나?"

순사의 목소리가 발소리를 지운다. 짧은 침묵 이후, 차가운 무언가가 목을 휘감는다.

나의 희생이 후대에 자유와 평화의 씨앗이 되기를.

내가 꿈꿔 온 자유가,

언젠가는 우리 조국을 맞이하기를.

고개를 끄덕이고, 마지막 숨을 내쉰다.

'탁-'

모든 것이 고요해진다.

내 이름은 아게마 카케쿠니 따위가 아닌, 이창원이다.

06. 주문, 5분

- 강미연, 22세

'게시글이 추가되었습니다. (5초 전)'

20분 동안 열심히 찍고, 보정한 사진을 SNS에 올린다. 하지만 내 목적은, 단순히 나의 외모를 남들에게 자랑하는 것이 아니다.

'아, 나 요즘 살찐 듯'

이게 핵심이다.

알고 있다. 사람들이 댓글로 뭐라고 말해 줄지.

'누가 뭐가 쪘다고?'

'야, 이 정도면 마른 거지 ;'

'숨지실래요, 정말?'

…. 내가 원했던 반응.

한 시간 전부터 치킨이 너무 먹고 싶었다.

밤 10시. 야식을 먹어도 된다는 당위성을 얻기 위해서 친구들의 반응을 이용했다. 다행히 내가 원하던 반응들을 얻었고, 이제 무엇을 먹을지 고르는 행복한 시간으로 빠져 본다.

신나게 메뉴를 고르는데, 갑자기 신경을 거스르는 알림 배너가 보인다.

'아, 진짜 좀 찐 거 아니야? ㅋㅋㅋ'

갑자기 보이는 댓글.

누구지? 누가 나에게 이런 말을? 진짜 좀 쪘나?

댓글을 확인하니, 내가 평소에 싫어하던 친구다. 나와 같은 재질의 친구. 타인을 이용해서 자신의 자존감을 높이는. 아마 지금쯤 내 사진을 보며, 자신이 더 말랐다는 사실에 안도감을 느낄 것이다. 속 보이는 생존 전략에 눈살이 찌푸려지지만, 나도 똑같은 사람인 것을 알기에 미워할 수는 없다.

다시 거울에 나를 넣어 본다. 나다. 매번 미세한 차이가 있긴 하지만, 항상 보는 강미연.

그런데 오늘따라, 볼이 조금 나와 있는 것 같다.

진짜 좀 쪘나?

조심스레 배달음식 내역 조회를 들어간다. 확실히 이번 달은 많이 시켜 먹긴 했네.

어쩌지. 시켜, 말아. 명분이 부족하다.

'먹고 싶으니까!'

라는 단순한 이유만으로는, 이후에 찾아올 죄책감을 버텨 낼 수 없을 것 같다. 그래. 튀긴 치킨이 좀 그러면, 구운 치킨 먹으면 되잖아. 구운 건 칼로리도 낮으니까! 맞다. 그러면 살도 덜 찌고, 먹고 싶은 치킨도 먹을 수 있고, 일석이조다.

다시 배달 앱에 들어간다.

신난다!

'구운 치킨'을 검색하고 천천히 화면을 넘긴다.

1페이지, 2페이지, 3페이지….

끌리지 않는다. 식욕이 없어진 건 아닌데, 그냥 맛이 없어 보인다. 내가 원하던 건 황금색 튀김 가루가 묻은 치킨, 혀에 닿는 순간 짭짤함과 달달함, 그리고 매콤함을 느끼게 해 주는 가루들이 묻어 있는 치킨이었다. 단순한 단백질이 아닌, 탄수화물 속에서 섹시하게 잠들어 있는 단백질이 필요하다.

폰을 소파에 던지고 무의식적으로 냉장고를 연다. 목적이 있어서 연 건 아니고, 습관이다.

뭔가 많다.

엄마가 보내 준 반찬부터, 먹다 남긴 주스. 유통기한이 지났을

게 분명한 우유와 계란. 그리고 어디선가 흘러나오는 썩은 내.

황급히 문을 닫으며 괜히 흥얼거린다.

"아~ 먹을 게 없네~ 에~"

사실 치킨이 먹고 싶은 거지, 정말 배가 고픈 건 아니다. 출근을 하려면 내일 6시 30분에는 일어나야 한다.

넉넉잡아 치킨이 11시에 온다고 가정하고, 다 먹으면 11시 30분쯤. 적어도 두 시간 후에 잔다고 치면, 새벽 1시 30분. 바로 잠들지는 못하겠지. 30분 정도 뒤척였을 때, 순수 수면 시간 4시간 30분.

애매하다.

갑자기 외롭다.

만약 가족과 같이 있는 집이었다면 이렇게까지 고민을 하고, 스트레스 받았을까? 아니다.

분명 엄마는 흔쾌히 같이 먹자며 콧노래를 부르셨을 것이다.

아빠는 이 시간에 뭘 시키냐며 핀잔을 주고, 소파에 누워 있다가 슬그머니 내려와 몇 조각 같이 드셨을 게 분명하다.

망할 동생 놈은 닭가슴살 달라고 징징거리겠지.

방 안의 고요함이 그 시끄러운 회상을 덮어 버린다.

엄마가 흥얼거리는 콧소리도, 무안한 듯 큼큼거리는 아빠의 헛기침 소리도, 징징거리는 동생 소리도 다 듣고 싶다. 음식 하나 제대로 주문도 못 하고 이런 생각이나 하는 내가 너무 한심하다.

나는 왜 이럴까.

전화를 건다. 치킨 집은 아니고, 엄마.

"여보세요, 엄마!"

"응~ 딸! 아직 안 자?"

"자야 하는데…. 치킨 먹고 싶어."

"먹으면 되지 뭐가 문제야~ 엄마도 선정이랑 하나 시켜 먹어야겠다! 흐흥~ 너희 아빠도 또 안 먹는다면서 먹겠지, 또. 우리 딸도 먹고 싶은 거 있으면 빨리 시켜 먹어~ 늦게 먹으면 소화도 안 돼~"

"그래~ 엄마도 맛있게 먹어!"

그래, 별것도 아닌데. 조금 전 고민들은 거짓인 것처럼, 전혀 망설임 없이 치킨을 주문한다. 치킨 때문일까, 엄마 목소리 때문일까. 기분이 좋다. 혼자 괜히 싱글벙글 웃으며 침대에 눕자, 문자가 하나 온다.

'딸~ 혹시 용돈 필요하면 이야기해! 객지에서 먹고 싶은 거 참지 말고 ㅎㅎ!'

지난 번 내가 선물해 준 엄마와 닮은 이모티콘이 나에게 하트를 보낸다.

'나 엄마보다 맛있는 거 훨씬 많이 먹고 다녀! 걱정하지 말고 엄마도 치킨이나 잘 잡숴 ㅎㅎ!'

조금 전 외롭다고 생각한 내가 부끄럽다. 이렇게 사랑받고 있는데!

5분 전 올린 게시글을 삭제한다.

07. 이별, 5분

- 한정안, 28세

무정히 빛나던 차가운 달빛은 결국 너의 마음마저 완전히 얼려 버렸다.

점점 사라져 간다.

저 골목길의 모퉁이를 도는 순간, 앞으로 평생 내 두 눈에 너를 담을 날이 오지 않겠지. 우연히라도 마주칠 것 같지도 않다.

뒤돌아봐 줄까?

마지막으로, 정말 마지막으로 너의 눈을 볼 수 없을까.

….

야속하게도, 나는 책 속의 주인공이 아니었다.

다시 돌아올 일도 없는데, 괜히 하염없이 모퉁이를 쳐다본다. 가끔 이렇게 헤어졌을 때 상체만 빼꼼 튀어나와 빨리 가라며 손을 흔들던 모습이, 가슴 어딘가인지 모를 부분을 아리게 한다.

아프다.

고개를 숙인다. 몸을 돌리고, 걷는다.

여기서 정류장까지는 5분. 몇십 번, 몇백 번을 오가던 골목길이, 수도 없이 걸었던 5분이 오늘은 한없이 낯설게 느껴진다.

'아, 여기 전봇대도 있었구나.'

생각해 보니 이렇게 골목길을 보며 걸어 본 적이 없다.

잘 들어갔냐며 연락하고, 같이 찍은 사진들을 정리하느라 정신없었으니까.

우리, 정말 잘 헤어진 게 맞을까.

어쩌면 헤어짐이 아닌 다른 선택지가 있지 않았을까.

단 한 번도 싸워 보지 않았다.

다툼이라고 해 봤자 서로를 배려하다가 나오는 사소한 기싸움 정도. 그마저도 그날 서로 이야기를 하고, 사과까지 했었다.

오히려 그게 독이었나?

차라리 감정을 소모하며 싸우고, 소모된 감정을 서로 채워 주며 다독여 주었어야 했을까. 상처가 아물며 단단해지듯, 우리의 감정도 그런 과정을 거쳤어야 했을까.

전혀 싸워 보지 않은 우리는, 감정이 상하는 경험에 대한 백신 따위는 없었다.

'이쯤이었는데….'

자연스럽게 찾게 되는 전봇대 아래 있는 스티커. 작년 여름쯤이었나. 전시회에 함께 갔다가 무료로 받은 스티커를, 구석에 붙여 두었다.

가끔 지나가다가 눈에 띄면, 같이 갔던 전시회를 떠올려 보자며 해맑게 웃던 표정이 생각난다. 여기서부터 집까지는 2분 남았으니까, 손을 더 세게 잡고 있자며, 헤어지기 싫다며 종종 세게 안아 주던 골목.

'떼야지, 이제….'

떼어 내야 하는데, 머리로는 아는데.

도저히 그러고 싶지 않다.

혹시나 너도 이 스티커를 보면서 나를 떠올려 줄까, 다시 연락해 보고 싶은 마음이 생기지 않을까 해서.

이 스티커가 우리를 다시 이어 주지 않을까라는 욕심에, 그냥 다시 내버려두고 싶어졌다.

내 평생에 가장 사랑했던 사람이면서, 동시에 가장 친했던 친구. 어쩌면 부모님보다 나를 더 잘 이해해 줄 수 있었던 동반자.

만약 내 연애가 책으로 쓰여지고, 내가 독자였다면…

나를 많이 답답해했을까.

아니면, 방식이 틀리지 않았다며 공감해 줬을까.

'빵-'

멀리서 울려오는 경적 소리에 놀라 앞을 바라보자, 정류장이 보인다. 거의 다 왔구나.

저 정류장에서 버스를 타는 것도 마지막이겠지.

우리가 처음 만나던 날, 어색하게 인사해 주던 목소리,
조심스럽게 손가락 마디마디에 들어오던 너의 손,
처음으로 입술에서 조심스레 새어 나오던 사랑한다는 말부터,
마지막으로 나를 밀어내던 너의 말까지.

모두 한 권의 추억이 되어서, 기억 속 서재 어딘가에 묻히게 될 것이다.

언젠간 이 추억에도 먼지가 쌓이고, 잊혀질까.

08. 발표 대기, 5분

- 김민철, 23세

"형, 괜찮아요?"

대답 대신 불안한 눈빛으로 후배를 바라보았다.

안 괜찮지. 떨려 죽겠다. 심장박동으로 머리까지 울린다.

아, 미치겠네. 다들 왜 이렇게 잘하는 거야? 어릴 때 웅변학원이라도 다녔나. 나도 다녔는데. 나는 대체 왜 이 모양인지. 저 사람들도 발표 전에 이렇게 떨렸을까.

따지고 보면, 별거 아닌 발표다. 회사의 존명이 걸린 프레젠테이션 발표도 아니고, 판결 전 최후의 변론도 아닌.

단순히, 한 학기에 몇 번씩 있는 전공 발표일 뿐이다.

"나 대신 발표할 사람?"

….

"…. 미안."

어제까지는 전혀 떨리지 않았다. 대본도 열심히 만들었고, 중요 키워드는 확실하게 숙지했다. 어떤 장면에서 어떤 제스처를 취할지, 시선은 어떻게 처리할지. 적당한 타이밍에 침묵. 준비를 하며 자신감이 넘쳤다.

하지만 앞 팀들의 발표를 들을수록, 자신감이 점점 사라진다. 우리 발표 자료가 부실하다고 느껴진다.

하, 자신감이라도 챙겨야지. 어느새 앞 조의 발표가 끝났고, 교수님이 감상평을 읊으신다.

"아까 보여 준 그래프는 출처가 어디죠? 년도가 3년 전으로 되어 있던데, 더 최신 자료는 없었나요? 그리고 피피티 구성 자체가 너무 눈에 안 들어와요. 포인트 컬러의 배치가 눈에 띄지도 않고…."

잘했던데….

우리는 얼마나 혼내려고 저러시나 모르겠다. 조원들은 나와 눈이 마주치더니, 씩 웃는다.

알아서 잘하라는 뜻인가? 너넨 할 거 끝났다, 이거지?

"3분 뒤에 다음 발표 시작할게요."

무거운 마음으로 다시 대본을 훑어본다. 각종 형광펜들과 작게 쓰여진 메모로 더럽혀진 대본을 보자, 차분해진다. 열심히 했으니까, 이렇게까지 긴장할 필요 없다. 어제 휴대폰 카메라 앞에서 하던 것처럼 하면 문제 없을 것이다.

좋아! 마음에 여유가 생기며 안도의 숨이 쉬어진다.

하지만 한숨으로 오해받았는지, 후배들은 격려의 말을 해 준다.
"선배, 너무 걱정하지 마세요! 어차피 발표 망쳐도 우리 성적 망하는 거 말고 더 있어요?"
"맞아, 그냥 재수강하지, 뭐."
마음씨 따뜻한 후배들. 덕분에 다시 긴장되네.
만약 내가 발표를 망친다면, 앞으로 남은 학교 생활 중에 같이 발표를 하자고 해 주는 사람이 없을 거고, 전공 과제는 항상 혼자 하게 되겠지. 당연히 학점은 안 좋을 게 뻔하고, 취업도 못 하겠지. 이후로는 자존감이 낮아져서 뭘 하든 간에 항상 자신감이 없을 거고, 그렇게 나는… 인생의 패배자가 되겠지.
그래, 내 인생을 위해서 이번 발표는 꼭 성공해야 해.
김민철은 다시 혼란스러워졌다.

"걱정 마. 망해도 교수님한테 너네만큼은 잘 봐 달라고 해 줄게…."
"형, 그냥 망치면 안 돼요…."
머쓱한 웃음을 지으면서 대본으로 시선을 피했지만, 더 이상 뭐가 보이지도 않는다. 눈을 감고 발표를 하는 나의 모습을 상상한다.

….

나쁘지 않다. 할 수 있다.

내가 긴장하는 이유는 열심히 준비했기 때문이고, 그만큼 잘 할 수 있을 것이다.

"다음 발표자, 나와서 준비하세요."

발표 자료를 연결하고, 화면에 띄운다.

컨트롤러를 가볍게 체크해 보고, 마이크 음량을 테스트해 본다.

교수님은 사전에 제출한 발표 자료를 한 장씩 넘기며 보고 계신다.

자연스럽게 우리 팀원들에게 시선을 돌려 본다. 온몸으로 힘내라고 표현해 주는 모습이 좀 우스워, 다시 시선을 피한다.

강의실 전체를 둘러본다. 나의 존재 유무에 무관심한 학생들과, 호기심 가득한 표정으로 쳐다보는 학생들. 후자가 적다는 사실에, 의외로 안도감보다는 분함이 컸다.

'우리 발표를 감히 안 들어?'

"시작 안 해요?"

교수님도 성질 참 급하시지.

"아아- 죄송합니다. 오늘, 여러분의 5분들은 어떠셨나요?"

어제 연습한 대로, 이 타이밍에 마이크를 내리고 한 번 씨익 웃어 본다.

"오늘의 가장 값진 5분을, 지금 드리겠습니다."

'사실 7분짜리 발표지만….'

09. 조연, 5분

- 안성연, 29세

"다시 촬영 들어갈게요! 이번에는 5분 롱테이크입니다. 다들 실수하지 마세요, 정말!"

"예~"

다짜고짜 소리를 지르는 스태프들부터, 힘없이 대답하는 연기자들, 카메라와 조명, 분장 팀까지… 처음에는 정말 적응이 안 되던 현장이었지만, 이제는 어느 정도 여유가 생겼다.

'오늘도 정말 아무것도 없네.'

카페에서 혼자 커피를 마시며 책을 읽다가, 주인공 일행이 시끄러워지면 곁눈질로 쳐다보기만 하면 된다. 중간에 조용히 해 달라고 하는 배역도 있었지만, 아쉽게도 나에게는 아무 대사도 주어지지 않았다.

나는 그저, 단순한 배경 조연일 뿐이다.

"자~ 시작합니다! 3, 2, 1!"

만약 나에게 어떤 역할이라도 있었다면 저 카운트다운이 긴장되었겠지만, 그냥 무덤덤하게 흘려들을 뿐이다. 특별한 연기라고 할 것도 없이, 그냥 앉아 있으면 되니까.

'오늘도 일당만 받고 그냥 가겠네.'

초반에는 대사가 없는 날이면 괜히 조급해지고 화가 났었지만, 시간이 흐를수록 그저 무덤덤해진다. 이런 나한테 한심하다는 생각조차 들지 않는 게, 조금 씁쓸하다.

"대체 그렇게 하는 이유가 뭡니까?"

주인공 일행이 대사를 주고받으며, 긴장감을 조성한다. 우선 지금은 쳐다볼 때가 아니니, 그냥 눈앞에 놓여져 있는 책에 집중하는 척해 본다.

그런데 이 책 제목이 뭐지?

《소크라테스는 수영이 싫었다》

소품 팀이 센스가 없네. 누가 이런 걸 카페에서 읽어….

대충 책을 훑어보니, 놀랍게도 소크라테스가 수영을 싫어했다는 내용이었다. 진짠가….

"대체 왜 안 되는 건데요!"

책에 빠지려고 하는 순간, 나의 역할이 다가왔다.

주인공 일행이 시끄러워지면, 불편한 듯 쳐다보기!

높아지는 언성에 놀란 듯, 그러면서도 불편한 듯 그들의 연기를 흘낏 지켜본다. 카메라가 그들의 표정을 클로즈업하고, 그 순간 자연스럽게 시선을 돌려 배우들을 바라본다.

잘한다.

정말 완벽한 연기다. 조금 전까지만 해도 헤실헤실 웃으며 인사하고 다닌 모습이 연기였다는 듯이, 마치 지금의 모습이 실제 모습이라는 듯한 연기는… 정말 주인공 그 자체였다.

감정이 실린 대사, 자연스러운 표정과 제스처.

지금 이곳에 있는 모두가 저들을 주목하고 있다.

'나는 죽어도 저렇게 안 되겠지….'

나도 모르게 한숨이 나왔다. 물론 누군가에게 들리지 않도록 조심스럽게 숨기며. 이 현장에서는 주연 배우들은 빛나여야 하고, 나는 그저 어둠이어야 한다.

그림자는 빛 속에 들어갈 수 없다.

"짐승들도 그렇게까지 일을 하지는 않아요."

대사 속에서 확연히 드러나는 감정과 미세한 눈동자의 흔들림, 전혀 중요하지 않은 손마저도 자신의 의지를 보여 주듯 꽉 쥐어져 있다. 마치 연기가 아니라 정말로 분노했다는 듯이.

저 사람의 배경이 될 수 있다는 것이 갑자기 뿌듯해진다. 만약, 나같은 조연들이 없었다면 저렇게까지 주연들이 주목받을 수 있었을까?

아니지, 우리 같은 사람들이 있으니까 저 사람들도 빛날 수 있는 거지.

…. 그런데 내 역할은 누구든 할 수 있겠구나.

나도 주인공이 되고 싶다. 남들 눈에 띄는 외모는 아니지만, 연기는 자신 있는데….

기회만 있으면 나도 충분히 빛날 수 있을 텐데.

'위이잉-'

순간 주머니 속에 있는 폰이 울린다.

어차피 카페에 있는 손님 역할이니까, 폰 정도는 봐도 되겠지?

'성연 씨, 오늘은 8시까지 일 좀 도와주러 와 줘요.'

식당 사장님의 연락. 다행히 촬영은 오래 걸리지 않을 것 같으니, 갈 수 있겠다. 오늘은 촬영 일당도 챙기고, 추가 수당까지…

운이 좋네.

…. 왜 이렇게 살고 있을까.

연기를 포기하지도 못하고, 그렇다고 연기에 모든 것을 걸고 노력하는 것도 아니고. 이렇게 살다 보면 우연한 기회로 주목받고, 성공할 수 있을 줄 알았는데… 시간은 너무 의미 없이 흘러와 버렸다.

"수고하셨습니다!"

"잠깐 좀 기다리실게요!"

스태프들이 배우 한 명에게 몰려간다.

연기를 하며 만들어 낸 감정이 아직 추스러지지 않은 듯, 계속 눈물 흘리고 있다. 그 주변에는, 위로하기 위해 모인 사람들이 가득하다.

저 사람은, 작품 속뿐만 아니라, 현실에서조차 주인공이었다.

그나저나 저렇게까지 연기를 할 수도 있구나.

신기하다. 나도 저렇게 할 수 있을까, 물어보면 자신은 없다. 슬 진지하게 다른 일을 알아봐야 하나.

일단 오늘 식당에서 일이나 하면서, 다음 보조 촬영 알바나 구해 봐야겠다.

뭐, 이렇게 살다 보면 언젠간 성공하겠지.

10. 소방관, 5분

- 이지호, 25세

'띠리리리- 띠리리리-'

'살 수 있다. 괜찮아. 아니야, 괜찮다. 아직 괜찮아.'

안 보인다. 아무것도 보이지 않는다.

벽, 벽인가? 벽이다.

문은? 비상구, 비상구, 비상구 초록색 표시등. 왜 안 보여. 어디 있지?

아, 불빛. 뭐라도 제발 아무 불빛이라도.

없다. 아무것도 없다.

까맣다. 어둡다.

'띠리리리- 띠리리리-'

5분, 5분 남았다. 계속 품속에서 울리는 알람 소리에 미칠 것 같다.

내 인생 마지막 소리가, 이 알람 소리라고?

알람이, 계속, 울린다.

내 산소통의 유효 시간이, 5분 남았다며, 계속 울린다.

"콜록-"

괜찮다. 아직 괜찮다.

아직 연기가 방화복 안까지 들어오지 않는다.

침착하자.

제발, 괜찮다.

침착하자.

괜찮다. 괜찮을 거다.

털썩-

다리에 힘이 풀린다. 원래 무거운 건 알고 있었지만, 지금은 방화복이 더 평소보다 더 무겁게 느껴진다.

눈물이 흐른다. 그냥 눈물이 흐른다.

슬프거나 아픈 건 아닌데, 계속 눈물이 난다.

무서워서, 그래, 무서워서 눈물이 난다.

나 진짜 죽나. 죽기 싫은데.

아무것도 안 보인다. 까만 연기 때문에 아무것도 보이지 않는다.

'띠리리링- 띠리리링-'

나도 알아…. 제발 닥쳐 줘. 제발 조용히 해.

바닥을 기며 여기저기 더듬어 본다. 불길을 피해서, 계속 더듬어 보며 기어간다.

일단 모퉁이, 모퉁이를 찾아야 한다.

벽을 따라 문을 찾으면, 살 수, 살 수… 있을까.

발화지가 어디였지. 어느 방향이더라.

내가 어디로 들어왔지.

젠장, 젠장, 아, 제발….

"아으… 아으으… 하악!"

비명을 질러 봐도 달라지는 건 없다.

그냥 하염없이 흘러내리는 눈물과 콧물만 느껴진다.

온몸이 뜨겁다. 뜨겁지만 멈추면 안 된다.

멈추면 안 된다.

어딘가라도 가야 한다.

이런 상황에는 어떻게 해야 하더라.

아, 뭐였지. 무언가 했어야 한다고 들었는데.

기억이 안 난다.

아니, 무슨 기억? 아, 교육. 그래, 교육 때 들은 기억.

아, 뭐라고 했더라.

'띠리리리- 띠리리리-'

손끝으로 벽이 느껴진다. 온몸에 힘이 빠진다.

더 이상 뭔가 할 수 없을 것 같다.

장비의 무게에 힘이 빠져, 벽에 등을 기댄다.

편하다.

편한데, 분명 편한데 계속 눈물이 난다.

"엄마··· 아빠···."

눈을 감고 조금 전 상황을 떠올린다.

팀원들과 출구로 빠져나가는 순간, 불길 속에서 분명 무언가 움직이는 것을 봤다.

곧바로 나갔어야 하는 상황. 바보같이 중간에 무전기만 떨어뜨리지 않았어도, 주머니를 잘만 닫았어도···. 안의 상황을 모르는 상태에서, 무언가 보였다는 사실이 발길을 붙잡았다.

'구하러 가야 하나? 사람이었나?'

망설이던 찰나의 순간에 천장은 무너졌고, 출구는 사라졌다. 그리고 지금, 여기까지 흘러왔다.

사람으로 착각했던 형상은 쓰러지던 옷걸이에 불과했고, 그것을 보며 안도감보다는 허탈감을 느꼈다.

'띠리리리- 띠리리리-'

몸에 힘이 들어가지 않는다.

죽음이 계속 머리 속에서 맴돈다.

살고 싶다. 나 진짜 살고 싶다. 죽고 싶지 않아.

다시 바닥을 긴다.

눈이 뜨겁다. 흐르는 눈물도 느껴지지 않는다.

그래도 사람은 아니었으니 다행이다. 그래, 다행이다. 혼자 이렇게 된 거니까. 다행? 다행이다. 아니, 내가 죽는데 뭐가 다행이야. 아니, 아니야, 다행이지.

괜찮아. 괜찮아…. 사람은 아니었어.

'띠리리리- 띠리리리-'

"아…."

몇 번째지. 몇 번 울렸지.

1분 남았나? 2분?

이거, 산소통 끝나면 어떻게 되지?

나 숨 못 쉬나? 진짜 나 죽는 건가?

엄마, 아빠, 나 미워하실까?

나 자랑스러워 하실까? 아니, 속상하시겠지. 죄송해요. 사랑해요.

직접 말할걸. 그냥 평소에 좀 말할걸.

"허억-"

뜨겁다. 숨이 점점 뜨거워진다. 눈이 뜨겁다. 호흡이 뜨겁다. 폐가 뜨겁다. 몸이 뜨겁다. 물, 물이라도 마시고 싶다. 엄마, 너무 보고 싶어요. 아빠, 나 좀 구해 주세요. 아파요….

'띠리리리- 띠리리리-'

'띠리리리- 띠리리리-'

'띠리리리-…'

11. 면접, 5분

- 윤이슬, 36세

"…. 그렇기 때문에 제 역량을 이곳에서, 가장 잘 발휘할 수 있을 것이라고 자신합니다."

지원자의 목소리가 사라지자, 면접실 또한 잠시 침묵에 잠긴다. 수많은 면접자 중, 현재 이 면접자가 가장 인상적이라는 의미.

자신감 넘치는 표정, 여유로움이 담긴 말의 속도, 적절한 제스처, 질문이 끝남과 동시에 나오는 답변까지, 정말 간절히 준비했다는 것이 느껴진다.

5분 뒤, 아마 저 친구가 퇴장하고 난 이후 칭찬만이 이 공간을 가득 채울 것이다.

"혹시 지원한 직무 외에 다른 직무는 관심을 가져 본 적이 없었나요?"

"물론 제가 지원한 직무인 경영기획에 가장 큰 관심이 있지만,

여러 직무의 경험이….”

막히지 않고 나오는 답변. 그럴 줄 알았다는 듯 장난스레 웃는 부장의 표정에서, 지원자에 대한 확신이 느껴진다.

약 10년 전, 내가 면접을 볼 때에도 부장님은 저 표정을 지어 주셨다.

‘열심히 살아왔구나. 간절히 준비했구나. 내가 너를 알아봐 주겠다.’

… 라는 표정으로.

나도 저 어린 친구처럼 열정 넘치는 사람이었지. 여러 성과를 쌓아 오고, 인정받고, 결국 이 자리까지 왔다.

분명 나와 같은 부류의 인간. 끝없이 노력하고, 스스로의 만족감과 타인의 평가로 동기부여가 되는.

하지만 한 가지 차이가 있다면, 나에게는 더 이상 열정이 남아 있지 않다는 것이다.

“만약 상사의 부당한 지시에 대해서는 어떻게….”

열심히 오가는 질의응답을 잠시 뒤로 하고, 열심히 대답하는 지원자를 바라보며 예전의 나를 떠올린다.

그립다. 확실한 목표 의식을 가지고, 타인의 인정보다는 스스로의 만족을 위해 열정적이던 시절. 상사의 칭찬은 내 노력의 부산물일 뿐이었다.

지금은 어떤가? KPI 위에 적힌 척도와 지표들 사이에서, 열정이 아닌 냉정함만이 남아 있다.

이런저런 생각을 하면서도, 내 손은 열심히 면접평가표를 작성한다.

지원 동기, 본인의 장점, 인성…. 기계적으로 숫자를 써 내려간다.

….

답답하다. 가슴 속에 응어리가 있는 느낌이다.

노력한 흔적이 가득한 자기소개서를 읽다 보니, 옛날의 내 모습이 떠오르고, 지금은 무엇을 위해 이렇게 열심히 살아왔나 싶다.

당신도 나처럼 될까?

아무 목표 없이, 그저 살아남기 위해서 실적만 쌓아 올리는 기계 같은 삶을 살게 될까?

혹은 나와 다르게, 오랜 기간 본인 스스로를 위해 일을 할 수 있을까.

심술궂은 마음이, 질문에 그대로 녹아든다.

"지원자는 어떤 직장인이 되고 싶습니까?"

'나는 어떤 어른이 되어 있을까.'

"타인에게 존경받는 직장인이 되고 싶습니다."

"존경받기 위해서는 어떻게 해야 하죠?"

'나는 존경받을 만한 사람이 되었나?'

"평범하게, 행복한 삶을 살면 됩니다. 본인 스스로 만족하고, 지나친 욕심을 부리지 않는 사람이 되면, 타인의 존중과 존경은 자연스럽게 따라온다고 생각합니다."

아….

'행복하게 살고 싶습니다! 그저 제가 만족할 수 있는 삶을 살면, 그것이 행복한 인생이라고 생각합니다!'

싫다. 나의 과거가, 눈 앞에서 옥죄어 오는 기분이다.

답변에 대한 평가를 해 줘야 하는데, 입 밖으로 나오지 않는다. 훌륭하다고, 그 마음 잊지 말라는 말을 해 줘야 하는데, 그렇게 되면 나는? 나는 훌륭한 사람이 되지 못한 건가.

나의 이런 변화를 알아챈 것은 부장님, 나의 면접관으로 들어오셨던 부장님이다. 10년 전 나의 답변을 기억한다는 듯이, 웃으며 나를 바라보고 있었다.

그리고는 그때와 똑같이 답변해 주신다.

"멋지네요. 그 마음가짐, 항상 잊지 않았으면 좋겠습니다."

왜 나는 잊고 있었을까. 과거의 내가, 지금 나를 바라보면 어떻게 생각할까?

뭐, 후회는 없다. 그깟 열정이 좀 식은 게 어때서.

나는 현재 너무나도 평범하고, 그렇기 때문에 행복하다.

의지할 수 있는 동기들과 팀원들이 있고, 퇴근 후 삼겹살을 함께 먹을 친구들이 있다. 집에는 사랑하는 남편이 있다.

충분히 만족스러운 어른이 아닌가.

"감사합니다. 지원자, 이연화였습니다."

응원한다. 정말 순수하게 응원하며, 내가 포기하고 걷지 못한 길을 걸어갈 수 있도록 등 떠밀어 주고 싶다.

하지만 동시에, 동정한다. 자신과의 수많은 타협을 뿌리치고 나아갈 그 시간들은 쉽지 않을 것이다. 하지만 그 타협들 또한 성공의 다른 길이라는 것을, 결코 실패라는 길은 없다는 것을 깨닫기를 진심으로 바란다.

어쩌면 어른이 된다는 것은, 열정만을 추구하는 것이 아니라, 현실과 타협하면서도 작은 행복을 찾아가는 과정일까.

열정이 사라진다고 해서 행복마저 사라지는 것은 아니라고,

오히려 그 열정으로 지금의 행복을 산 것이라고 말하고 싶다.

12. 상념, 5분

\- 박분양, 85세

강아지 모양의 하얀 구름이 두둥실 떠다닌다. 70년 전쯤 키우던, 털이 복실했던, 몽실이를 닮은 하얀 구름. 잠깐 그 시절을 떠올린다.

어릴 적 그렇게나 작고 귀엽던 강아지와 나.

오랜만에 기억의 끄트머리에 묻혀 있던 추억이 펼쳐지자, 기분이 묘하다.

"할머니! 공 좀 주세요!"

한가로이 공원 벤치에 앉아 아무 상념에나 빠지려던 찰나, 한 외침에 멍하니 발밑까지 굴러온 공을 쳐다보았다. 조용히 몸을 숙이고, 공을 잡고, 힘껏 굴려 본다. 아이는 감사하다며 고개를 꾸벅 숙이더니, 돌아간다.

그 작은 교류에 고요히 일렁이는 감정. 그리움의 파동이 일렁인다.

몽실이를 어루만지던 손도, 저 아이와 같이 고운 피부로 덮여 있었다.

한때는 부모님의 손길을 탐하며 자라난 나의 손은, 평생 나를 지켜 주었고, 어느새 세월의 흔적과 함께 지친 듯 주름으로 덮여 있었다.

엄마가 지금 내 손을 보면 뭐라고 하실까. 이런 내 손마저도 곱다고, 우리 딸 지켜 주느라 고생한 손이 마냥 고맙다고 예뻐하셨겠지.

아빠는 뭐가 퉁명스럽게 주름이 뭐가 대수냐며 뱉으시고는, 다음 날 보습제나 사 오셨겠지.

'곧 볼 수 있을까요.'

엄마는 아직 자상하실까요, 아빠는 아직 엄하실까요.

그 누구도 망설이지 않고 할머니라고 부를 만큼 나이를 먹었지만, 도저히 어머니, 아버지라고 불러지지가 않는다. 돌아가시기 전에 직접 불러나 볼걸 그랬다.

하늘을 올려다 바라본다. 80년간 매번 달랐던 풍경. 아니, 어쩌면 다양한 모습을 보여 주었겠지만, 정작 너무 바쁘게 살아오느라 자주 올려다보지 못했던 것일까.

무슨 부귀영화를 누리겠다고, 뭐가 그리 급하다고… 그렇게 치열하게 살았을까. 조금만 더 여유 있게 살았다면 지금처럼 분홍빛 하늘을 질리도록 보았을 텐데.

"뭘 그리 쳐다봐요? 목 떨어지겄수."

"그냥 구름이나 좀 보고 있었죠."

내 인생의 전환점이 된 사람이자, 친구, 반려자. 가장 나와 잘 맞을 줄 알았지만, 가장 맞지 않았던 이가, 결국은 인생의 황혼에 함께 남아 있었다.

정말 많이 싸웠지. 자식들 앞에서 이혼을 하네 마네, 왜 이딴 집안에 시집을 왔네…. 하지만 우리의 삶은 어느새 이렇게 평온해졌다.

자식들은 저마다의 삶의 터전을 만들었고, 우리를 벗어났다.

어느새 우리는, 나의 부모님과 판박이가 되었다.

"이제 우리만 남았네요."

나의 말에 아무 말 없이 미소 지으며 응답한다.

정말 많은 가족의 연이 내 인생을 스쳐 갔다.

부모님과 형제들이 있던 가족.

형제들이 떠나가고, 부모님과 남아 있던 가족.

내가 떨어져 나와, 남편과 함께 살던 가족.

자식들과 남편이 있던 가족.

남편과, 내가 있는 가족.

언제가 가장 행복했냐고 물어보면, 당연히 지금이다.

수많은 시간들이 쌓이고 쌓여 지금의 내가 있는 거니까, 지금이 물론 가장 행복해야지.

하지만 언제가 가장 그리우냐고 물어보면, 모르겠다.

부모님과 함께 살던 그 집의 냄새가 그리울 때도 있고, 좁더라도 추억이 가득한 신혼집 풍경이 생각날 때도 있다.

아이들이 어릴 적 함께 떠났던 여름 휴가, 그때의 웃음소리와 행복한 시간들이 떠오른다. 그 아이들이 자라 집을 떠나기 전, 온 가족이 함께 모여 밥을 먹던 저녁 시간도 그립다.

"당신은 언제가 가장 그리운가?"

궁금하다, 당신의 생각이.

잠시 생각에 잠기더니 미소 지으며 대답한다.

"다 그립죠."

….

"지금도, 예전에도. 당신과 함께한 모든 시간이."

아직도 입은 살아 있네, 이 양반.

그래, 그거면 됐다. 함께한 시간이 쌓이고 쌓여 지금의 우리가 된 것이다. 그리고 앞으로도 함께할 시간이 있다는 것이 나를 안심시켰다.

무엇이 가장 그립고, 무엇이 그립지 않고.

그것이 뭐가 그리 중요할까.

구름이 조금씩 흘러가고, 하늘은 점점 더 분홍빛으로 물들어 갔다. 다시 한번 하늘을 올려다보며 깊은 숨을 들이쉬었다. 이 순간을 마음에 새기고 싶었다.

모든 상념들이 떠오르고 사라지는 동안, 그저 그 자리에 앉아 시간을 음미했다.

"오늘 저녁 뭐 먹고 싶어요?"

내가 물었다.

"당신이 해 주는 거라면 뭐든 좋지."

당신이 대답했다.

그저 내가 물어보고, 당신은 대답하고.

당신이 내게 웃어 주고, 나는 바라보고.

이러한 당연한 것들이 나중에는 그리워질 것을 알기에, 지금이 너무 소중하다.

13. 샤워, 5분

- 황선인, 34세

'THU 06:20 AM'

시계의 초침이 부지런히 움직이지만, 시간은 멈춘 듯이 무겁게 내 몸을 짓누른다. 잠에서 깬 몸은 여전히 피로를 떨치지 못한 채, 무거운 발걸음을 곧장 욕실로 옮긴다.

'아, 출근하기 싫다….'

겨울 새벽, 창밖으로 보이는 풍경은 아직 어둡고, 집 안은 고요하다. 샤워기에서 흘러나오는 물소리만이 이른 새벽의 정적을 깬다.

적당히 뜨거워진 물줄기가 피부를 감싸안는 순간, 조금씩 현실로 돌아온다.

물이 머리카락을 통과하며 목 뒤로 흐르는 것이 느껴진다. 머리에 물을 적시며 눈을 감는다. 물줄기가 이마를 타고 흘러 내려오는 순간, 물과 함께 잠시나마 의식마저 씻겨 내려간다.

샴푸 병을 집어 들고 한 움큼 샴푸를 손에 짜낸다. 풍성한 거품이 머리를 감싸고, 손가락으로 두피를 부드럽게 마사지한다. 얼마 전에 바꾼 샴푸의 코튼 향이 샤워실 가득 퍼지며 몸의 긴장이 풀린다.

머리에 묻어 있는 샴푸를 헹구는 시간도 아까워서, 양치질을 함께 시작한다. 거품과 함께 흘러내리는 물을 바라보며 잠시 꿈을 꿔 본다. 현실에서 벗어나, 어릴 적 꿈꿔 왔던 이상적인 미래.

축구 경기장의 환호성. 푸른 잔디밭 위에서 경기를 하는 나의 모습. 상대는 영국, 우리나라가 지고 있는 상황에서 현란한 드리블로 역전승을 거둔다. 각종 매스컴에서 나의 모습이 떠오르고, 그 속에서 웃고 있다. 어릴 적 항상 꿈꾸던 모습.

하지만 현실은 언제나 그렇듯, 샤워실의 거울 속에서는 내가 멍한 모습으로 가만히 나를 바라본다.

물을 틀고, 샴푸의 거품을 씻어 내면서 머릿속에 남은 꿈의 잔재들도 함께 흘려보낸다. 물소리가 귓가를 때리며 현실로 돌아오라고 속삭인다. 축구 선수 황선인은 다시 출판사 영업 사원이 되었다. 조금 전까지만 해도 거대한 스타디움에 있던 나에게, 이 조그만 샤워실은 너무나도 초라했다.

'THU 06:23 AM'

신기록이다.

3분 만에 샴푸까지 마치다니. 이 정도 속도면 5분 만에 샤워를 마칠 수 있을 것 같다. 그래, 축구 국가대표 선수로 경기에 나가, 엄청난 드리블로 단독 돌파를 하여서 득점하는 능력보다는, 샤워를 5분 만에 마치는 능력이 훨씬 더 내 인생에 도움되지 않을까?

… 라는 쓸데없는 생각을 하며 샤워를 마쳐 본다.

면도 크림을 손에 펴 바른다. 그리고 얼굴 곳곳에 묻혀 준다.

졸리다.

얼굴 곳곳에 묻어 있는 크림을 면도날로 닦아 내고 있자, 휴대폰의 캘린더 알림이 울린다.

'14:00 마케팅 미팅'

마케팅 팀 대리님이 되게 고우셨는데….

거울에 얼굴을 들이밀며, 확실하게 체크한다. 턱 좌우, 밑, 아래, 인중. 좋아. 완벽하다.

폼 클렌징을 힘껏 얼굴에 문지르며, 갑자기 설레는 마음을 더욱 크게 키워 본다. 폼 클렌징을 씻어 내며, 오늘 써먹을 멘트를 상상해 본다.

'오늘도 되게 고우시네요….'

좋아, 이 정도면 되나?

5분 만에 샤워를 끝내는 나, 오늘 하루도 제법 멋지게 시작한다.

14. 미술관, 5분

이여운, 25세

"음…."

뭔가를 깨우친 듯한 신음 소리를 내어 보지만, 물론 깨달은 것은 없다.

하얀색 종이를 사용했다는 점과, 물감이 묻어 있고, 여기저기 뿌리듯 묻혔다는 것만 알겠다. 내 이미지를 위해서는 이게 최선이다. 아무것도 모르는 표정으로 입만 벌린 채 그림을 보고 있을 수는 없잖아.

옆에서는 심각한 표정의 여자 친구가, 나만이 알아볼 수 있을 정도로 미세하게 고개를 끄덕인다.

진짜 뭘 알고 끄덕이는 걸까?

만약 남에게 보여 주기 위한 행동이었다면 나처럼 소리를 내었거나, 고개를 더 과격하게 흔들어서 표현했을 것이다.

하지만 나 외에는 아무도 못 알아차릴 정도의 미세한 끄덕임만 보였다. 적어도 과시를 위한 행동은 아니었다는 뜻이겠지.

이 그림에 정말 심오한 뜻이 담겨 있나?

다시 뚫어져라 쳐다보아도, 달라지는 건 없다. 흥미도 곧 떨어진다. 이럴 줄 알았으면 카페에서 여자 친구 얼굴이나 계속 보는 게 더 재미있었겠다.

곁눈질로 다음 그림이 무엇인지 훑어보려 하는 순간, 드디어 여자 친구가 발걸음을 옮긴다. 지루해 죽는 줄 알았네.

"흐음…."

생각이 깊은 사람처럼 보이기 위해, 다시 한 번 소리를 내 본다.

뭐가 뭔지 알아보지 못하는, 나의 얄팍한 교양 수준에 자괴감이 든다.

붉은색의 30cm 남짓한 선과 곳곳에 푸른 점이 뿌려져 있는 도화지.

작품의 이름은 〈열정〉.

열정이라…. 아니, 무슨 설명도 없이 제목만 덩그러니.

붉은색 선, 주변의 푸른색 점.

무슨 의미가 있나?

자세히 보니 붉은 선이 나아가려는 방향에 푸른 점이 배치되어 방해를 하는 것 같기도 하고, 반대로 곳곳에 퍼지고 싶어하는 푸른 점이 붉은 선으로 인해 방해받는 모습이기도 하고….

어떤 상황이든 서로 열정적으로 나아가려고 하나? 자세히 보니 선이랑 가까이 있는 점들은 색깔이 조금 번져 있는 것 같기도 하고. 선에서 떨어져 나가 점이 된 것들인가? 너무 과잉 해석인가.

대체 이게 뭐가 예술이지?

이렇게 생각을 하게 하는 것 자체가 예술인 건가.

1분도 안 되는 짧은 시간 동안 무언가 깨닫기 위해 노력했다. 비록 결과물은 없었지만, 원래 생각이라는 것이 결과물이 필요한가.

지금 내 모습은 다른 사람들한테 어떻게 보일까?

작품에 집중하며 사념에 잠기는 예술인 정도는 아니더라도, 적어도 예술을 무시하는 무지렁이로는 보이지 않겠지.

옆에서 시선이 느껴진다. 이건, 기회다.

고개를 아주 미세하게 끄덕였다.

내가 그랬던 것처럼, 나를 예술에 조예가 깊은 사람처럼 봐 주려나?

"너 뭐 좀 알겠어?"

"음… 쉽지 않네."

이럴 때는 내 이미지를 위해서 길게 말하면 안 된다는 것을 안다. 나름 멋지게 대답한 다음에, 바로 다음 작품으로 걸어간다.

'오, 예쁜데?'

감상 끝.

다행히 나의 얕은 교양 지식과 짧은 어휘력으로 표현할 수 있는 작품이 나왔다.

흑과 백만이 존재하는 비 오는 골목 속에서, 노란색 우비를 입고 주황색 우산을 들고 있는 꼬마 아이가 홀로 서 있는 그림.

예쁘다.

앞에서 봐 왔던 작품들과는 다르게, 직관적이다. 생각이 많이 필요한 그림들이 아닌, 그저 단순히 눈이 즐거운 작품.

그런데… 조금 심심하다. 앞의 작품들처럼 생각하는 즐거움이 없었다.

음? 즐거웠나, 내가?

생각해 보니, 이해되지 않고 와닿지 않는 그림들 앞에서는 오래 머물러 있었다. 계속해서 바라보며 놓쳤던 부분을 찾기 위해 서기도 하고, 대체 무슨 의도로 그린 건가 계속 추리를 했어야 하니까.

그런 과정 속에서, 그냥 멋대로 해석을 하는 재미는 있었다.

예쁘고 멋진 그림들은, 말 그대로 좋았다. 작품이 눈에 들어오는 순간, 그 그림에 대해 경외심을 가지게 되었으니까.

역설적이게도, 아름다움과 반비례하며 나의 사고(思考)는 줄

어들었다.

결론이 정해지지 않은 작품에서는, 결론을 찾아내기 위해 많은 생각을 하였었다.

그저 아름다운 그림은, 결국 '예쁘다.'라는 결론의 프레임 안 속에서 작품을 바라보게 된다.

문득 드는 생각인데, 사랑도 똑같다.

나에게 모든 것을 보여 주고 처음부터 쉽게 다가오는 사람은, 모든 것을 보여 주고 시작하는 사람은 항상 매력적으로 느껴지지 않았다.

반대로, 나에게 뚜렷하지 않은 거리감을 형성하는 사람들에게는 호기심을 느끼며, 다가가게 된다. 궁금하니까. 그 사람이 어떤 사람인지 알고 싶은 욕구 때문에 더욱 더 그렇게 되었다.

그림도 똑같은 걸까. 어려운 그림에 매력을 느끼고, 더 알고 싶은 욕구에 관심을 가지게 된다. 하지만, 시각적으로 이미 모든 것을 보여 준 그림에는 호감을 가지기는 하지만, 더 큰 호기심이 생기지 않는다.

물론 이건 지극히 나의 주관적인 생각이다.

당연히 거리감을 두는 사람을 싫어하고, 자신을 마냥 좋아해 주는 사람을 더 좋아하는 사람이 있을 것이다. 그림의 경우도 알기 어려운 그림을 싫어하고, 매력적인 모습을 갖춘 작품을 좋아하는 사람이 있을 거다.

그림 감상을 하다가 사랑 타령이라니, 너무 나갔나?

“야, 너 되게 열심히 본다?”

여자친구의 장난 섞인 속삭임이 들려오자 바로 정신을 차린다.

멋진 모습, 멋진 모습….

슬쩍 입꼬리를 올린다. 그리고 입은 다문 채 고개를 한 번 끄덕.

지루하기만 했던 미술관 데이트가, 제법 흥미로워졌다.

아직은 구체적이지 않지만, 무슨 재미로 미술관을 오는지 알 것 같은 기분이다.

만약 전공자나 전문가들이 지금 내 모습을 본다면, 무슨 무지렁이 같은 사람이 예술을 아는 척하냐고 할 수 있겠지만….

적어도, 나만의 예술을 즐길 수 있는 방법이 생긴 것 같다. 생각이 많아지는 것은 그것대로, 눈만이 즐거운 것 또한 그 나름대로.

“괜찮네.”

15. 수술, 5분

- 오민우, 47세

"보호자분, 5분 뒤에 다시 들어오겠습니다. 환자분도 수술 전에는 안정을 취하셔야 해요."

아무 감정도 없는 것처럼 느껴지는 표정과, 무미건조한 말투. 현재 나의 심정과 상반되는 태도에서, 오히려 배려심이 느껴졌다.

별거 아니니, 너무 걱정하지 말라는 듯한 배려.

"아버지, 정말 괜찮으시겠어요?"

….

무슨 대답을 원했던 걸까.

본인은 괜찮으니 걱정 말라고?

아버지를 위하는 척, 생각하는 척한 질문은 그저 나의 안도감을 위한 이기적인 질문이었다.

"괜찮다. 괜찮을 거니 걱정 말거라."

….

나의 마음을 들킨 것 같아 부끄럽고, 죄송스럽다.

그리고, 불안하던 나의 마음이 거짓말처럼 차분해진다. 남들 앞에서는 항상 어른스러운 척, 실제로 어른답게 행동하려고 살아왔지만… 반 백 살이 먹도록 아버지 앞에서는 여전히 어린 아이로 남아 있는 기분이다.

어린 시절, 실수로 화병을 떨어뜨렸을 때부터, 어른이 되어서 권고사직을 당했을 때도. 아버지의 괜찮다는 말은 이상하리만치 나에게 큰 안도감을 주었다. 실제로 화병을 깨뜨린 것으로 크게 혼나지도 않았고, 실직 이후 더욱 좋은 조건으로 이직을 할 수 있었다.

그래. 그러니, 이번에도 괜찮을 거다.

아버지가 괜찮으시다 하셨으니 괜찮으실 거다.

'사실 연세가 있으셔서, 수술의 성공률이 높다고는 할 수 없어요. 수술이 성공한다고 하더라도 예전만큼 건강을 회복하기 힘드실 수도 있고요.'

계속해서 마음에 걸린다.

괜히 내 욕심 때문에, 아버지의 병세를 더욱 악화시키는 게 아닐까. 어쩌면 여생 동안 병의 악화를 늦추는 정도로, 편안하게 집에서 모시는 게 맞지 않을까.

지금이라도 수술을 취소해야 할까.

"아버지, 정말로 이 수술을 받으셔야 할까요?"

조심스럽게 물었다. 나도 안다. 이 질문은, 오히려 아버지를 더 불안하게 만들 수도 있다는 걸. 그래도 한편으로는, 나중에 설사 잘못되었을 때, 마지막까지 계속 고민을 했다는 것을 상기시키기 위한 이기적인 질문이었다.

무슨 생각을 하는지 모를 아버지의 표정.

천천히 나를 바라본다. 얼마 만인지, 아버지와 이렇게 조용히 눈을 마주치는 게 얼마 만인지 모르겠다. 서서히 입술을 여신다.

"야, 쫄았냐? 왜 니가 겁먹냐. 먹어도 내가 먹어야지."

"아니…."

장난스러운 내용과는 다르게, 아버지의 목소리는 여전히 차분했다. 그 말 속에는 흔들림이 없었고, 나를 향한 강한 믿음이 담겨 있었다. 네가 잘 알아보았을 테니, 자신은 그저 믿겠다는.

애꿎은 아버지의 농담은 무시하고, 아버지의 손을 꼭 잡았다. 그 손은 내가 어릴 때와 변함없이 여전히 따뜻하고, 무심히 나를 위로해 주는 듯했다. 하지만 그 손의 떨림이 느껴지자, 나도 모르게 마음이 흔들렸다. 당연히 아버지도 두렵겠지.

"아버지, 손 떨리시는데? 그냥 취소할까요?"

"됐다, 후딱 끝내고 편하게 술이나 마셔야지. 괜찮을 거다."

또다. 습관적으로 꺼내는 괜찮을 거라는 말.

당신은 강하다. 이런 순간마저도 나를 안심시키기 위해, 습관적으로 하는 말. 그 말에 안도감을 느끼면서도 살짝은 원망스럽다.

언제쯤 나에게 의지해 주실까. 그저 아버지의 손을 더 꽉 잡고, 마음속으로 기도할 수밖에 없었다.

"이제 시간이 됐습니다. 환자분은 바로 수술실로 이동 도와드릴게요."

어쩌면 마지막이 될 수도 있다는 생각에, 아버지의 손을 놓기가 무서워졌다.

아버지는 나를 바라보며 미소 지으셨다. 그 미소가 어쩌면 마지막이 될 수도 있다는 생각에, 시선을 떼는 것이 두려워졌다.

"안 들리냐? 가야 한대잖아. 놔줘, 이제."

"거 좀 기다려 봐요."

아버지도 아시겠지. 어쩌면 지금, 우리의 모든 순간들이 마지막일 수도 있다는 사실.

그래서 당신도, 이렇게 손을 꼭 붙잡고 있겠지. 그래서 이렇게….

'탁-'

"다녀오마."

"어?"

따스히 맞잡았던 손바닥이 시렵다.

찰나들이 모여, 몇 초의 시간이 되었고, 그 몇 초의 시간은 아버지가 병실 밖으로 옮겨지기에 전혀 모자라지 않았다.

내 마지막 표정은 어땠나.

닫힌 문을 멍하니 바라본다.

아, 아빠. 아버지.

심장이 빠르게 뛴다. 괜찮을 거다. 괜찮다.

괜찮을 것이라고 하셨으니, 괜찮을 거다.

엄마, 우리 아빠 좀 지켜 주세요.

신, 하나님, 하나님이 없으면 부처님이라도, 부처님이 아니라면 어떤 신이라도 좋으니, 제발 다시 아버지와 시답잖은 농담이라도, 다시 할 수 있게 해 주세요.

많은 것을 바라지 않는다.

방금 전 5분, 그 순간이 특별하지 않은 기억으로 남았으면 하는 바람이다.

16. 귀갓길, 5분

- 김석천, 42세

이 골목으로 들어가면, 바로 우리 집이 나온다.

'바로 들어가기 아까운데….'

가끔 그런 날이 있다. 듣고 있던 노래를 마저 듣고 싶다거나, 얼굴에 부딪히는 공기가 기분이 좋아서 집에 들어가고 싶지 않은.

지금의 나는 둘 다에 해당한다.

헤드폰으로 듣던 음악은 이제 2절에 들어가기 시작한다. 11월 가을의 선선한 바람이, 내 심장까지 들어와 나를 설레게 만들어 준다.

타이밍 좋게 흘러 내려오는 단풍잎.

조금 돌아서 갈까?

시간은 벌써 11시이지만, 나 같은 사람들이 많은지, 평소보다 산책로에 사람이 많이 보인다.

원래 들어갔어야 할 골목 입구를 지나치고, 세 번째 골목길로 들어선다. 가끔 바로 집으로 들어가기 싫을 때 사용하는, 나에게만 특별한 날의 골목길. 집까지 4분 정도 더 늘어나지만, 익숙함을 벗어난 기분 좋은 낯설음이 나를 반겨 준다.

그리고 나를 반겨 주는 것은 낯설음뿐만이 아니다.

'오늘은 없나?'

미야옹-

당연하다는 듯이 어디선가 내려오는 검정 턱시도 신사 고양이. 하는 짓은 외모와 정반대지만, 그래도 그 맛에 고양이를 좋아하는 게 아닐까.

조금씩 경계하던 녀석이 내 가방에서 나오는 츄르를 보자, 한걸음에 달려온다. 이런 행동을 하는 사람이 흔한 모양인지, 익숙한 자세로 기다린다.

시훈이 녀석도 몇 년 전에는 이렇게 귀여웠는데. 요즘은 꼴에 사춘기라고, 집에 들어가도 방문 너머로만 인사해 준다. 문고리 한 번 돌리고 밀면 열리는 문인데, 그게 뭐가 어려운지.

입맛에 안 맞나? 반쯤 먹다가 가 버리는 신사의 뒷모습을 허망히 쳐다보다가, 나도 다시 발걸음을 뗀다.

'뭐, 나도 시훈이 나이 때는 그랬지…. 내가 지금 몇 살이더라.'

불혹의 나이를 넘기고, 지천명을 바라보는 나이다.

다른 무언가에 정신을 빼앗겨 무른 판단을 하지 않는다고 하여 불혹(不惑).

하늘의 명을 깨달아, 삶의 의미를 깨우친다는 지천명(知天命).

공자가 살았던 시대상을 감안하면, 이제 10년쯤 미뤄야 하지 않을까? 아직까지 나에게는 전혀 현실감 없는 명칭들이다. 잠들기 전에 아들 녀석 준다고 끓이는 라면 냄새에 혹해서, 몇 입 뺏어 먹는 게 나다.

아, 그래서 나를 싫어하나?

아무튼 프라모델 건담의 새로운 시리즈들을 출시 한참 전부터 잠 설치게 기다리는 것도 나다.

불혹조차 이루지 못했는데, 하늘의 명을 깨닫는다니….

이런저런 잡생각을 하다 보니 벌써 저 멀리 우리 집이 보인다.

어느새 듣던 노래는 끝이 났고, 다음 곡을 듣기도 애매하다.

'이 타이밍에는 이거지.'

핸드폰을 꺼내고, 연락처를 들어간다.

'한영진'

약 50년 지기 친구. 지금 자고 있을까? 뭐, 자고 있으면 안 받겠지.

'뚜루루루-'

신호음이 2초 울렸다가, 1초 쉰다. 또 다시 2초 동안 울린 후,

1초 정도 쉰다. 또 다시 울릴 때쯤, 내가 기다리던 목소리가 들린다.

"야, 뭐냐. 술 마셨으면 곱게 들어가. 뭔 이 시간에 전화야."

"뭐 내가 술 마실 때만 전화하냐. 뭐 하고 있는데?"

"아, 이번에는 돈이야? 얼마 정도 필요하냐?"

"10억?"

"꺼져."

우리만 재미있는 영양가 없는 대화.

굳이 재미있는 주제가 없더라도, 서로의 목소리만으로도 재미있는 사이. 이런 친구가 있어서 다행이다.

세상은 이제 우리를, 나를 어른으로 인식한다.

단순한 쾌락을 위해 살아가지 않아야 하고, 항상 책임감에 묶여 있어야 하며, 하지 못하는 일이 없어야 하는.

불혹의 명칭에 맞게 매사에 객관적이고, 판단은 옳아야 한다. 하지만 나는 그런 어른이 되지 못했다. 물론 내 친구도 마찬가지. 우리만 제외하고, 모두 어른이 되어 가는 기분이다.

다들 언제, 어떻게 어른이 된 걸까.

아직은 이런 낯설음이 섞여 있는 골목길이 좋고, 단순히 나를 기분 좋게 만들어 주는 무언가에 마음이 간다.

물론 내 가족에 대한 책임감은 항상 나를 짓누른다. 하지만 그것과는 별개이다. 책임감을 가지고 있다고 해서 그것이 어른이라고 생각하고 싶지 않다. 살다 보면 어느새 어른이 되어 있지 않을까 싶었는데, 여전히 묘연하다.

현관문 앞.

이 너머에는, 나에게 어른을 연기하게 하는, 그렇게라도 지켜주고 싶은 소중한 가족이 있다.

문을 열기 전 목을 잠깐 풀어 본다.

음, 역시 우리 아버지처럼 자연스럽게는 못 하겠다.

아직까지는 어색함이 묻어나는 연기를 해 본다.

"아빠 왔다~"

17. 급똥, 5분

- 윤서후, 23세

'아, 진짜 아닌데.'

장문혈을 강하게 눌러 본다.

며칠 전에 본 짧은 영상 하나가, 이렇게 크게 도움이 될 줄 몰랐다. 왼쪽 팔목의 중간 부분의 좌상단, 여기를 꾹 누르면 대참사를 조금 더 늦출 수 있다.

진짜 늦출 수 있을지는 모르겠지만, 나에게는 지금 이것밖에 없다.

'문이 열립니다.'

계단을 내려가는 것도 조심스럽다. 정류장에서 집까지 걸어서 딱 5분. 평소 같으면 가벼운 산책이겠지만, 지금은 그 5분이 마치 영원처럼 느껴진다. 어둠이 깔린 거리는 평화롭기만 하다. 내 배 속이랑은 다르게.

"하으으…."

잠깐 걸었을 뿐인데 복부가 묘하게 꿈틀거렸다. 순간의 불안이 엄습했지만, 집까지 얼마 남지 않았다는 생각에 발걸음을 재촉했다.

아니, 재촉하려고 했지만 몇 걸음 떼지 못해 복통은 점점 심해지기 시작했다. 이제는 한 걸음 내딛는 것조차 조심스러웠다.

발이 지면에 닿는 순간의 충격이 배까지 이어지지 않도록, 보법을 달리한다.

"오늘은 안 먹어~?"

"아… 안녕하세요…. 나중에 다시 올게요…."

평소라면 스리슬쩍 넘어갔을 순대 아저씨의 영업. 지금만큼은 안 된다. 그나저나 저 아저씨가 여기 있다는 말은…. 집까지 3분. 보통 노래 하나 다 들으면 집에서 여기까지 도착했었거든.

약간의 안도감이 생기며, 다시 위기가 찾아왔다.

'꾸루루루룩'

아, 미친. 제발 진짜.

이마에 땀이 맺히는 게 느껴진다. 등이 축축하다.

10월인데?

몸을 살짝 구부려 본다. 인간은 위기 속에서 성장한다고 했던가. 몸을 펴면 장에 압박이 들어가고, 반대로 몸을 구부리면 압박이 약해진다는 것을 몸소 깨닫게 되었다.

몸은 살짝 구부린 채 고개를 들어 보자, 우리 아파트가 보인다.

배 속의 압박감은 점점 더 강해진다. 마치 폭발 직전의 용광로처럼, 내부에서부터 뜨거운 기운이 올라오는 느낌이다. 아, 느낌이 아닌가.

"할 수 있다. 할 수 있다…."

마침 옆을 지나가는 유치원생쯤으로 보이는 꼬마애가 미친놈마냥 쳐다보지만, 지금 그런 것 따위는 중요하지 않다.

동네 대표 똥싸개가 될 판인데, 미친놈이 되는 것이 뭐가 두려우랴.

시야가 좁아진다.

주먹을 꽉 쥐고 이를 꽉 물어 본다.

신호등이 눈앞에 보인다. 그리고 멀리 보이는 초록 불빛.

건널 수 있을까. 저 신호만 건너면 되는데… 깜빡인다.

15초.

저 초록불이 깜빡이는 순간 빨간불로 바뀌기까지 딱 15초다.

…. 신호 엄청 오래 걸리는데, 저기.

순간, 머리는 안 된다고 하지만, 몸이 뛰고 있었다.

정신 차리고 보니 어느새 횡단보도를 건넜고, 나는 미친 인간 마냥 가로등을 붙잡고 몸을 비틀고 있다.

좋아, 괜찮다. 이제 정말 거의 다 왔다.

1층 현관을 지나, 엘레베이터 층수를 확인한다.

10층. 나쁘지 않다.

9, 8, 7… 3, 2, 1.

한 번도 멈추지 않고 내려오다니, 이건 신이 나에게 더 이상 시련을 주지 않겠다는 간접적인 의미.

회심의 미소를 지으며 엉거주춤 엘리베이터를 탄 후, 조심스레 7층을 누른다.

'뚜, 뚜…'

신을 너무 만만하게 생각했나. 누군가가 1층 현관문 비밀번호를 입력하는 소리가 들려온다.

누군지는 모르겠지만, 기다려 줄 수 없다.

살짝의 죄책감이 들긴 했지만, 내 똥 냄새를 맡게 할 수는 없잖아?

단힘 버튼을 누른다. 익숙한 목소리가 들려온다.

"잠시만요!"

'죄송합니다….'

더이상 입 밖으로 말을 뱉을 힘도 없어서, 속으로만 사과한다.

혹시 모르니까 단힘 버튼도 꾹 누르고 있어야겠다…. 이러면 밖에서 누르더라도 열리지 않는다.

확실하게 해야지.

2, 3….

층수가 올라가는 것을 확인하자마자 허리띠를 미리 풀었다.

신발도 발 뒤꿈치를 빼놓고, 구겨 신는다.

'꾸루르륵-'

기다려라…. 이제 곧이다.

비틀거리며 문 앞까지 가서, 비밀번호를 누른다.

손가락이 떨려 제대로 눌리지 않는다.

한 번, 두 번, 세 번.

드디어, 문이 열린다.

"됐다…!"

신발이 현관에 끼어 완전히 닫히지 않았지만, 상관없다.

화장실로 바로 직행.

"하… 살았다…."

….

"하… 진짜 살았다."

안도감이 밀려오자, 왼쪽 팔에서 갑자기 통증이 느껴져 시선을 돌려본다. 곳곳에 퍼져 있는 손톱 자국.

장문혈… 알려 주신 분께 감사 인사나 해야겠다.

"야."

기분 좋게 화장실에서 나오는 순간, 들어오시는 어머니와 마주쳤다.

"네?"

"너 왜 엘레베이터도 안 기다려 주냐. 너 맞지? 현관문은 왜 안 닫고."

아….

"그게 다 엄마를 위해서…."

"나를 위해서는 이 새끼가! 너 다른 사람들한테도 그렇게 싸가지 없이 다니냐!"

…. 다른 의미로 위기가 찾아왔다.

18. 퇴직, 5분

- 민연서, 56세

"정말 수고 많으셨습니다. 5분 뒤에 모시러 오겠습니다."

집무실을 나가며 인사하는 부하 직원을 바라보며, 그녀는 쓴 웃음을 지었다.

마지막 5분이 흘러가고 있다.

50대의 여성 임원으로, 한국 사회에서 그녀의 위치는 흔치 않은 성취였다.

그녀의 노력을 대변하듯, 창밖 서울의 전경이 아름드리 펼쳐져 있었다.

높은 빌딩 아래로 유유히 걸어다니는 직장인들과, 어딘가 바삐 움직이고 있는 차들. 벤치에서 급하게 전화를 하며 바쁘게 메모하는 어려 보이는 사내. 밥 먹을 시간도 없었을까, 샌드위치를 손에 들고 뛰어가는 중년.

창밖에서는 여러 평범한 하루가 기록되고 있지만, 그녀의 이야기는 이제 종장으로 다가가고 있었다.

수많은 희생을 쌓아 올라온 자리이다.

항상 자신의 뒷모습을 바라보던 가족.

사회생활이라는 이름으로 더럽혀진 취미 생활.

의사의 권고도 무시한 채 갈아 버린 자신의 건강.

그러나 그녀는 이 모든 것이 자신의 성공, 그 시대 여성으로서의 발자취를 남기기 위한 필수적인 투자라고 믿었다. 자신의 딸이, 어머니의 등을 자랑스럽게 여길 수 있을 것이라고 믿으며.

'그래서, 나는 성공했나?'

성공이 뭘까.

아마 몇십 년 전부터 항상 스스로에게 해 오던 질문. 어떤 때에는 답을 낼 때도 있지만, 대부분 답을 내지 못하는 오래된 의문. 겨우 꺼내 본 대답마저도, 항상 다르게 결론이 나온다.

스스로 만족하는 삶이 성공인 것일까, 남들 기준에 부합하는 삶이 성공인 것일까. 아니면 그 중간쯤 어딘가에 안착하는 것이, 성공일까.

오늘따라 왜 이렇게 창밖으로 시선을 빼앗기는지, 그녀도 의문이었다.

멍하니 타인들의 일상을 살펴본다.

빌딩 숲 사이를 개미처럼, 수많은 직장인들이 헤맨다. 저들은 본인들의 성공이 무엇인지 뚜렷하게 알고 있을까. 막연한 성공이 아닌, 구체적인 성공을 눈앞에 두고 치열하게 살아가는 걸까.

천천히 자신의 자리를, 집무실을 둘러본다.

고요하다. 고요함 속에, 눈에 띄는 명패 하나.

'운영사업부문장'

30년 전까지만 해도, 지금처럼 부문장실은 따로 존재하지 않았다.

숨쉬기 힘든 닭장 같은 사무실 속에, 부문장이라는 존재는 그녀에게 그저 신 같은 존재였다. 그의 한마디에 그날 퇴근 가능 여부가 달려 있었으니까.

20년 전, 처음으로 부문장실이 생겼다.

건물이 커지며, 자연스럽게 임원들은 저마다의 방을 가지게 되었다. 종종 보고를 위해 들어갈 때마다, 그녀는 그 자리를 우러러 보았었다. 자신도 꼭 저 위치까지 올라갈 것이라고 마음먹으며.

10년 전부터는, 잘 기억이 나지 않았다. 그냥 살아남기 위해 아등바등 버텼던 것 같다. 그동안 쏟아부은 노력이, 시간이 아까워서, 그저 살아남으려고 노력했다.

어느새 그녀는, 동경하던 그 위치에서, 권력의 책임감이 주는 무게를 견디며 버티고, 살아남았다. 직인(職印)에 담긴 무게가 점점 무거워졌다.

30년간 그녀를 스쳐 간 부하 직원들, 프로젝트들, 성공과 실패의 순간들, 그 모든 것이 이 건물 안에 녹아 있다.
여기저기 스며 있는 자신의 흔적들을 떠올린다.

잊혀지겠지.
나도 천천히 잊혀지겠지.

그녀가 여기 있었다는 사실도, 회사를 성장시키겠다는 일념하에 쏟아부은 희생들도, 결국 지나간 시간이 되어서, 미래를 바라보는 이들에게는 과거의 망령으로 치부되겠지.

가끔 예전 자료를 보며 결재란에 찍혀 있는 그녀의 직인을 보며, 이런 사람이 있었구나, 정도로 여겨지겠지.

그녀는 자신의 감정이 혼란스러웠다.

서운함과 아쉬움, 뚜렷한 대상이 없는 그리움.

서랍을 열어 그간의 자료들을 한 번 더 훑어보았다.

각종 문서와 기념품, 사진들이 그녀의 이야기를 담고 있었다. 하나씩 가방에 담는다. 27년 전의 첫 프로젝트 성공 기념패, 20년 전 팀원들과의 회식 사진, 창립 30주년 기념책자….

사무실에 담겨져 있는 그녀의 추억들이 하나씩 사라질 때마다, 역설적이게도 그녀는 사무실에 싶은 마음이 커져갔다. 조금 더 일을 해 보고 싶다는 생각도 들었다.

"부문장님, 모시겠습니다."

집무실을 나서고 텅 빈 공간을 바라보자, 그저 그녀의 미련만이 가득 남아 있을 뿐이었다. 어차피 내일이면, 다른 사람으로 채워지겠지.

"고생하셨습니다."

"수고 많으셨습니다."

“정말 감사했습니다.”

….

수많은 꽃다발. 부서 사람들의 롤링페이퍼.

그리고 그것을 챙겨 갈 그녀를 위해 준비된 어여쁜 가방에서, 그녀를 향한 존경심과 배려, 그간의 감사함을 느낄 수 있었다.

30년간 사회에서 살아남기 위해 익혀 온 미소. 어떠한 상황에서도 포커페이스를 잃지 않아야 한다며 아침 샤워 시간마다 거울을 보며 연습한 그 미소. 적절한 카리스마와 부드러움이 담겨 있는 그녀의 미소가, 처음으로 직원들 앞에서 무너졌다.

눈물이 흐른다.

계속 눈물이 흘러내렸다.

그녀 스스로는 이해하지 못하지만, 그 자리에 있는 모든 이들은 이해 가능한 눈물.

그 눈물의 의미를 알기에, 직원들은 그저 묵묵히 박수를 보낼 뿐이었다.

엘리베이터에 몸을 싣고, 버튼을 누르는 그녀의 손은 사시나무마냥 떨린다.

다시는 눈 안에 담을 수 없는 사무실의 풍경을, 앞으로 평생 머릿속으로만 떠올리게 될 추억을, 실선이 되어 사라질 때까지 바라보았다.

1층.
문이 열린다.

문을 걸어 나오는 여성은, 30년 전 이 회사로 들어오던 젊은 여성과 다르지 않았다.
새로운 것을 향해 당당하게 걸어 나가는 신입(新入).

엘리베이터에서 무슨 심경의 변화가 있었던 것일까.
언제 눈물을 흘렸냐는 듯, 당당한 미소만이 가득했다.

더이상 부문장이 아니면 어떠하고,
애린상사의 임직원이 아니면 어떠하냐.

그저 오래 머물러 있었을 뿐, 애초에 무한한 가능성이 담겨 있는 것이 이 사회가 아니더냐.
오히려 이제서야 새장을 벗어난 것이 아닐까?
자신을 새장 속에 넣어 놓고, 함께 갇혀 있는 새들을 동경한 것이 아니었을까.

더 이상 그녀의 뒤에는 미련이 남아 있지 않았고, 그저 새로움에 대한 열정만이 남아 있을 뿐이었다.

그녀의 이름은 민연서다.

19. 경로당, 5분

- 복현남, 86세

경로당의 문턱을 넘는 한 걸음.

하지만 이것은 단순히 물리적인 한 걸음이 아니었다. 마음 한편에서 오래 묵혀 둔, 내가 무의식적으로 인정하지 않고 있었던 느낌…. 나를 내려놓는 마지막 한 걸음이었다.

'내가 정말 늙었구나.'

"첫 방문이세요?"

경로당 문을 열고 들어서자마자, 안내원이 다정하게 물었다. 나와 동년배로 보이는 그녀는, 세월의 비정함을 무색하게 만드는 밝은 미소로 나를 반겨 주었다.

"네, 오늘 처음 왔습니다."

어색하게 떨리는 내 목소리가 느껴진다. 나조차도 알겠는데,

상대방은 얼마나 잘 느껴질까.

괜히 부끄러운 마음에, 눈은 못 마주치고 자연스럽게 실내를 훑어본다. 벽에 걸린 풍경화, 곳곳에 비치되어 있는 돌과 나무, 중앙 탁자에 둘러앉아 바둑을 두고 있는 몇몇 노인들, 소파에서 웃으며 수다 떠는 이들.

모두가 서로 몇십 년간 우애를 쌓아 온 것처럼, 편안해 보였다.

부럽다.

심장이 두근거린다.

오랜 세월 쌓아 온 나의 역사는, 여기서는 아무 도움이 되지 않는다는 것을 안다.

새로운 시작, 새로운 인연을 위해서, 소속감을 얻고자 여기까지 찾아왔다. 더 이상 아침에 잠에서 깨어 어디를 갈지 몰라 방황하는, 갈 곳 없는 생활은 겪고 싶지 않다.

"후-"

심호흡인지 한숨인지 모를 숨을 내뱉고, 다시 안내를 나온 이와 눈을 마주한다.

"커피 한 잔 드릴까요?"

고개를 살짝 끄덕이자, 보내 주는 은은한 미소.

안의 사람들 또한 낯선 이에 대한 경계심 없이, 따사로운 미소를 보내 주는 것이 느껴진다. 나 또한 눈치가 없는 사람이 아니기에, 지금 어떤 행동을 취해야 할지는 알고 있다.

"다들 반갑습니다. 복현남입니다."

작은 인사와 함께, 이곳저곳에서 악수를 요청한다. 한없이 따뜻한 손들이 있는가 하면, 차가운 손들 또한 많았다. 나의 손은 지금 차가울까, 따뜻할까.

"식사는 하고 오셨어요?"

"바둑은 좀 둘 줄 아시는가?"

"어느 동네에서 살았소."

….

좋다.

대화하는 것이, 나의 또래를 만난 것이 즐겁다.

나를 그저 편하게 대할 줄 아는 이들이 편하다.

나를 존중해 주려고 하는 아이들.

나를 어려워하는 학생들.

나를 아니꼽게 바라보는 성인들.

어딘가에 속해지고 싶었지만, 한평생 친하게 지내던 이들은 모두 떠났다. 아내, 친구, 동료.

세계에서 나와 가까이 지내던 이들이 점점 사라진다는 것이, 이리 무섭고 외로운 경험일 줄 몰랐다.

자식의 가정에 자연스럽게 녹아들지 못했다. 나를 따뜻하게 맞이해 주려 하지만, 어쩔 수 없이 생겨나는 불편한 감정. 그 괴리감이 싫어서 다시 외로움을 자처하며 나왔다.

지금의 편안함이 감사하고 즐겁다.

나의 속마음을 말하지 않아도 이해해 줄 이들.

나와 같은 공감대를 가지고 있는 사람들.

이 세상의 끄트머리에서 근근이 버텨 내고 있는 동료.

그래, 동료를 얻은 기분이다.

오랜 세월의 마지막을 함께할, 내 황혼의 친우가 될 것만 같은 이들.

이들을 나에게 넣는 시간은 5분도 채 걸리지 않았다.

20. 만취, 5분

- 34세, 김준휘

"어… 거의 다 왔어. 5분이면, 딸꾹, 가."

"아니, 아까도 5분이면 된다고…."

"길을… 잃어서, 딸꾹, 그래 잠시만, 기다려…."

전화를 끊고 멍하니 서서 어둠 속을 응시한다.

술에 취한 채로 어지러운 골목길을 헤매는 순간, 나를 잃어버렸다.

길을 잃은 것이 아니라, 나를 잃었다.

한 발짝 내딛기도 어려운 지금, 골목의 그림자가 나를 집어삼킨다.

길은 뱀처럼 구불구불했고, 그 끝은 보이지 않았다.

내가 발을 떼지 않는 것일까, 땅이 내 발을 놓아주지 않는 것일까.

자꾸 같은 자리를 맴도는 것처럼 느껴진다.

“좋아- 짠!”

아, 뭐야. 다 어디 갔지. 분명 술잔이 있어야 할 내 손에, 이상한 돌멩이가 하나 쥐어져 있다.

갑자기 머릿속으로 여러 신호등과 사람들, 그리고 택시가 지나간다. 조심해서 들어가라며 배웅해 주는 상사, 이유는 모르겠지만 나에게 짜증을 내는 택시 기사, 괜찮냐며 나를 일으켜 주던 행인들.

알 수 없는 소음이 귓가로 쏟아진다.

“여기… 어디야?”

질문은 바람에 실려 그저 아무것도 아닌 것이 되었다.

비틀거리며 걷다가, 벽에 부딪힌다.

벽은 차가웠고, 나는 그 차가움에 몸을 기댄다.

뜨거워졌던 몸이 미약하게나마 식어 가는 기분이다. 숨을 크게 내쉬며 눈을 감았다. 그리고 곧바로 눈을 떴다. 눈을 감자 어둠 속에 갇혀 버리는 기분이 들어서, 놀라며 깨어났다.

“아, 왜 어지럽지….”

벽을 짚으며 일어서지만, 발밑이 계속해서 흔들렸다.

아무래도 지진이 크게 나는 것을 보아하니, 실수로 일본에 왔나 보다. 어쩌다가 일본까지 왔지. 비행기표 구할 수 있을까. 내일 출근해야 하는데….

일단 집으로 가야겠다는 생각에, 오른쪽으로 무작정 걸어 보았지만 어느새 다시 원래 자리로 와 있었다.

그럼 왼쪽으로 가야지. 하지만 왼쪽으로 방향을 틀어도 결과는 같았다.

길이 나를 놀린다. 아니, 아니지. 어쩌면 내가 길을 놀리고 있었을지도 모른다.

나는 아무리 술에 취했어도 길마저 농락하는 사내이다.

하지만 이런 나라도 지금은 많이 혼란스럽다.

기억이 희미해지고, 시간이 왜곡되었다.

이 골목의 시작과 끝은 어디지?

아니, 애초에 시작과 끝이 있는 것일까?

이거 꿈인가?

"아악!"

꿈인가 싶어 때려 본 허벅지에서 엄청난 고통이 쏟아졌다. 꿈이 아니었다.

그럼 대체 여기는 어디지?

순간 발이 꼬여 넘어졌다. 허벅지를 너무 세게 때렸던 탓인지, 순간적으로 힘이 안 들어갔다. 손을 뻗어 지면을 짚었지만, 내 시야보다 한참 밑에 땅이 있었다. 결국 허우적대며 다시 한 번 넘어져 버린다.

아, 길이 나를 농락하는 거였구나.

"나를… 대체 어디로 데려가는 거야. 나 좀 내버려둬."

우선 이 골목길로부터 도망쳐야겠다는 생각이 머리를 지배했다. 이 자식은 나를 어디로 데려가는 것일까?

답을 찾기 위해 몸을 일으키려 했지만, 발은 땅에 붙은 듯 움직이지 않는다. 다행히 벽은 길의 편이 아니었나 보다. 벽을 짚고, 겨우 일어섰다.

손바닥의 흥건한 피가, 잠시 머릿속을 맑게 해 주는 듯 했다.

하지만 그것도 잠시, 다시 혼란이 몰려온다.

길은 끝없이 계속된다. 한 걸음, 또 한 걸음.

걸음걸음마다 다리가 무겁게 느껴진다. 발끝이 바닥을 쓸고 지나가며, 겨우 앞으로 나아갔다. 골목의 끝이 보이지 않아도,

멈출 수 없다. 멈춘다는 것은 포기한다는 것이니까. 나는 살아남을 것이다.

눈앞에 밝은 빛이 보인다. 작은 빛이었지만, 나에게는 너무나도 커 보이는 불빛. 수십 년간 봐 오던 불빛을, 내가 못 알아볼 리가 없다.

"내가 이겼다…. 탈출했다고."

내가 안도하는 이유는, 저 불빛이 보인다는 말은 우리 집이 저기라는 뜻이기 때문이다. 술에 취했을 때는, 저 불빛이 보이면 우리 엄마가 나와 주시거든.

이제 곧 나와서 꿀물을 주실 거야.

좀 얻어맞겠지만.

그럼 저 골목길 놈들도 더 이상 나를 농락할 수 없겠지. 엄마가 나를 지켜 줄 거야!

몸에 힘이 풀렸고 대문 맞은편에 주저앉아 쓰레기통 옆에 파묻혀 버리지만, 상관 없다. 어차피 든든한 지원군이 곧장 나와 줄 테니까.

'어라, 그런데 오늘은 왜 안 나와 있지….'

보통 내가 기다리는 게 아니라, 엄마가 저기서 기다리고 있어야 하는데?

"어으흑… 아으…."
갑자기 눈물이 난다. 엄마, 우리 엄마 돌아가셨지.
도와주세요…. 나 너무 무서워.

계속해서 눈물이 난다.
쓰레기통에 처박힌 게 서러워서?
골목길이 무서워서?
다친 다리가 아파서?
그냥, 당연한 것이 당연하지 않게 되어서 눈물이 난다.

"엄마…."
"얘는 다 큰 놈이 뭘 잘했다고 질질 울고 있어! 빨리 안 들어와?!"

…?
눈 앞에는 꿀물 한 접시를 가지고 불같이 화내고 있는 엄마가 있었다.

"귀신인가…?"

"귀신은 얼어 죽을! 빨리 안 와?!"

아, 조금 전에 엄마랑 전화도 했지.

많이 취했나 보다.

21. 결혼식, 5분

- 현영애, 51세

'내가 입었던 웨딩드레스도 저렇게 빛이 났었지.'

세상에서 가장 아름다운 웨딩드레스가, 딸아이의 위에서 너스레 춤을 춘다.

지금만큼은, 적어도 앞으로 5분만큼은 세상의 주인공이 된 것처럼, 딸아이가 조심스레 한 걸음 한 걸음 걸어간다.

'우리 딸, 참 많이 컸네.'

가슴이 뭉클해지지만, 눈물은 참아 본다. 나는 여기서 주목받고 싶지 않다. 오롯이 너만이 모든 관심을 받았으면 좋겠거든.

애써 무덤덤한 표정을 유지하며, 마음속 깊은 곳에서 솟아오르는 감정들을 억누르며 담담하게 바라본다.

식장 안은 사람들로 가득했다. 축하의 말들이 오가고, 웃음소리가 가득하다.

수많은 소음에 휩쓸려 정신이 없으면서도, 계속해서 딸아이의 위치를 확인하려 애쓴다. 저 아이의 모습을, 마지막이 아닌 것을 알고 있음에도 마지막처럼 느껴져서, 계속해서 눈에 담고 싶었다.

'대견하다, 우리 딸.'

머릿속에 수많은 기억들이 스쳐 지나간다.

평소처럼 등에 업고 청소기를 돌리던 와중, 처음으로 마마라며 옹알이하던 순간.

초등학교 입학 첫날 친구와 싸우고 이겼다며 당당히 웃음 짓던 그 모습.

처음으로 나에게 대들고 반항하던 사춘기 시절.

대학교 캠퍼스를 누비며 자랑하며 소개해 주던 모습, 꽃다발과 함께 알려 주던 취업 소식, 삶이 힘들다며… 처음으로 나와 소주잔을 기울이던 장면.

그 모든 순간들이 이 결혼식장 안에 응축되어 있는 기분이다.

어느새 아빠와 팔짱을 끼고 천천히 걸어오는 딸아이의 얼굴에는, 그동안 봐 왔던 웃음이 가득하다. 저 웃음이 오래 지속되어야 할 텐데, 문득 걱정은 된다. 결혼이라는 것이 늘 행복하기만 한 것은 아니니까.

하지만 동시에 기대도 된다. 나에겐 늘 행복하기만 하지는 않았던 결혼을, 너는 행복함 가득으로 채울 수 있을 것 같아서.

'뭐, 알아서 잘 하겠지.'

조금 전까지도 떨리는 표정으로 메이크업을 받으며 내게 했던 말이 떠오른다.

"엄마, 엄마는 결혼하는 날에 어땠어?"

"바빴어. 정신 없었고, 졸려 죽는 줄 알았지."

"나랑 똑같네?"

하지만, 행복했단다. 지금 너처럼.

"이제 아버님은, 따님의 손을 놓아주시기 바랍니다."

평생 탐하며 자라 온 아빠의 손을 떠나며, 딸아이는 자신의 인생을 찾아간다.

어떡하지.

계속 눈물이 흐르려고 한다.

'무슨 주책이야.'

다행히 싱긋 웃고 있는 딸의 얼굴을 보자, 나도 자연스럽게 미소가 번진다. 애 아빠와 눈을 마주하고 있는 사위를 보니, 어느새 마음도 진정된다. 내 아이를 진심으로 아껴 줄 것이라고 믿어 의심치 않기 때문에, 그저 안심된다.

식객들의 축하 속에서 포옹을 하고 있는 모습은 마치 한 폭의 그림 같았다. 정말로 그림처럼 영원히 지속되기를 바랐지만, 시간은 야속하게도 멈추지 않는다.

"양가, 부모님의 인사가 있겠습니다."

딸아이가 천천히 다가와 나를 바라본다. 눈가가 촉촉해진 딸의 얼굴을 보자, 괜히 장난기가 생긴다.

놀리고 싶지만 그래도 참아야겠지?

"조명 너무 밝지 않아?"

"너가 더 눈부시니까 걱정 마."

손을 꼭 잡는다. 따뜻한 온기.

엄마 손은 항상 차니까, 자신이 계속 잡고 있어 줘야 한다며, 평생 따뜻하게 해 주겠다던 약속은 어디 갔니.

그래도, 그 약속을 못 지켜서 정말 다행이다.

이 손을 놓아줘야 한다는 사실이 조금은 서글프지만, 이제 따뜻한 온기가 가득한 손을 잡으면서, 너가 온기를 받으며 살아가기를 진심으로 바란다.

곧 결혼식의 종막이 다가온다.

결혼식의 종막이자, 부모로서 내 역할의 종막….

내 인생의 1막, 청춘은 너와 함께 끝났다.

내 인생의 2막, 엄마도 너와 함께 끝이 난다.

내 인생의 3막, 현영애는 너와 상관없이 다시 청춘을 좀 즐겨볼까 한다.

'내 딸이니까 알아서 잘 하겠지.'

딸아이의 등을 바라보며 아이의 새로운 시작을, 나의 새로운 시작을 조용히 응원해 본다.

22. 유서, 5분

- 민선아, 18세

"5분 남았으니까, 슬슬 마무리해."

글쓰기 시간에 주어진 주제는 '유서 쓰기'다.

선생님께서는 이런 무거운 주제를 통해서 우리의 진지한 면모를 이끌어 내고 싶다고 하셨다. 활기차고 명랑한 나 님께서 이런 걸로 센치해질까 싶었는데, 놀랍게도 선생님은 정확하셨다.

'유서라니…. 너무 무겁잖아, 주제가.'

속으로 투덜거리며 다시 한 번 내가 쓴 유서를 훑어보았다.

'사랑하는 엄마, 아빠에게'

너무 뻔한 시작인가? 아니, 유서니까 뻔한 게 오히려 좋을지도 몰라.

'혹시 우연히 이 글을 서랍장에서 발견했다면… 글쓰기 과제니까 너무 놀라지 마세요. 저 오래오래 살고, 엄마 아빠한테 증손주까지 보여 드릴 거예요.'

문득, 이걸 부모님이 정말 읽으면 어떨까 하는 생각이 들긴 한다. 어쩌면 내 방에서 몰래 이 글을 발견하고 눈물을 흘릴지도 모른다는 생각에, 괜히 진지해졌다.

아니다, 웃기기도 할지도?

'먼저, 엄마. 저를 위해서 희생한 모든 순간에 감사해요. 엄마 덕분에 제가 이렇게 자랄 수 있었어요. 엄마가 봐도 좀 잘 컸죠? 가끔 잔소리가 귀찮기도 했지만, 지금 생각해 보니까 다 저를 생각해서 하셨단 걸, 이제야 좀 깨달을 만한 나이가 됐어요.'

엄마의 얼굴이 떠올랐다.

아침마다 바쁘게 움직이는 엄마의 모습이 선명하게 그려졌다. 생각해 보니 어느 순간부터, 엄마가 해 준 요리를 먹고, 엄마가 청소를 하고 있는 모습을 그저 당연한 것으로 여기고 있었던 것 같다.

'그리고 아빠. 입에 발린 말이긴 하지만, 저는 아빠 같은 남자 만나서 결혼하려고요. 항상 엄마랑 나를 배려해 주셔서 감사해요. 그런데 있잖아요, 아빠도 아빠 인생에 조금 더 투자해요. 항상 우리를 위해서 희생하지 말고, 놀고 싶은 거 다 놀고, 먹고 싶은 것도 먹고, 조금 더 즐겁게 아빠 인생 사셨으면 해요. 저도 제 나름대로 이제 잘 살 수 있으니까, 짐을 좀 덜어 줬으면 해요.'

아빠의 미소가 떠올랐다.

저번에 술에 취해서, 당신이 뭘 위해서 치열하게 살고 있는지 모르겠다며 미소 짓던 그 장면이 잊혀지지 않는다. 늘 든든한 버팀목이 되어 준 아빠. 그 버팀목이 되었기 때문에 나는 풍파를 맞지 않고 자랄 수 있었다.

이렇게 보니, 내 인생은 부모님을 양분 삼아서 자라나고 있었구나. 티 좀 내시지.

'하하, 저 정말 죽을 생각도 없고 오래 살 건데, 유서를 쓰려니까 조금 이상하네요. 유서 쓰면서 웃으니까 제 모습이 좀 우습죠? 어차피 진짜 유서는 아니니까 너무 걱정 마요! 무슨 유서가 이래?라고 생각할 수도 있지만, 나는 죽을 생각이 눈곱만큼도 없거든!'

그나저나… 나 정말 글솜씨 없네.

아무튼 진심이다. 나는 죽을 생각 없다. 엄마 아빠랑 오래오래 살 거니까. 얼마나 나를 열심히 키웠는데, 자식된 도리는 해드려야지.

그런데 혹시, 내가 정말로 갑자기 죽어 버리면?

한 번 더 부모님이 이 글을 읽을 상상을 해 봤다.

아마도 엄마는 눈물을 글썽이며 읽으실 것이고, 아빠는 묵묵히 미소 지으시겠지. 가슴속으로는 피눈물 흘리면서도, 엄마를 위로해 주기 위해 겉으로 눈물 흘리지 않으시겠지.

그 모습이 눈에 선하니, 더 이상 장난스런 문장이 재미있게 느껴지지 않는다. 문득 그런 생각이 들자, 꼭 적어야 할 말이 떠오른다.

'엄마, 아빠. 제가 이 글을 쓸 수 있는 지금 이 순간도, 이렇게 살아갈 수 있게 해 주셔서 정말 감사합니다. 앞으로도 더 많이 웃고, 더 많이 감사하며 살게요. 사랑해요.'

비록 과제로 쓰는 유서지만, 쓰다 보니 진심이 들어가는 건 어쩔 수가 없다.

나는 종이를 한 번 세게 접은 뒤 책상 위에 올려놓고, 유서 같지도 않은 유서를 멍하니 쳐다본다. 막상 적을 내용도 많이 없고, 무슨 이야기를 적어야 할지도 모르겠는, 당황스러운 유서였다.

"다 쓴 사람 손 들어!"

"네~"

뭐야. 왜 나만 들어?

선생님이 다가와서, 가볍게 읽어 보더니 웃으신다.

"쓰기 힘들지?"

뭐라 할 말은 많았지만, 그냥 고개만 한 번 끄덕인다.

괜히 길게 말하면 눈물이 날 것 같아서, 짧게 대답한다.

"생각보다 괜찮은데요? 선생님 우는 거 아니죠?"

"보통 유서 써 보라고 하면 다 너처럼 쓰더라. 질리지."

남의 유서 가지고 너무하네….

그래도 나쁘지 않았다. 사실, 과제가 아닌 정말 혹시 모를 일을 대비해서 유서를 써 보는 것도 괜찮지 않을까 싶다.

내가 오늘 집에 가는 길에 교통사고로 갑자기 죽을지도 모르고, 어떤 일이 일어날지 모르니까. 이런 사랑스러운 딸이 갑자기 죽어 버리면, 아무것도 남기지도 않고 가면 우리 부모님이 너무 속상해하실 거니까.

계속 웃으면서 살아 달라고, 너무 나한테 얽매이지 말고 행복하게 살아 달라는 저주가 담긴 유서라도 한 장 써 둬야겠다.

23. 투고, 5분 전

- 오윤우, 28세

"작가님, 그럼 원고는 이걸로 최종 제출 하시겠어요?"

"저… 5분만 더 부탁드릴게요."

발 아래, 꿀에 빠져 허우적거리는 개미를 한심하게 쳐다 보았다.

정말 마지막이다.

이제 원고가 내 손을 떠나면, 그저 생판 모르는 사람들에게 검토되고, 운 좋으면 수많은 사람들에게 읽히게 된다.

정말, 정말 내 책이 세상에 나가게 된다는 사실이 신기하다.

하지만 반대로 겁이 난다. 나에게 재능이 없다는 것이 탄로 날까 봐. 스스로 믿었던 작가로서의 가능성이 사라지게 될까 봐, 겁이 난다.

원고를 손에 쥐고, 다시 한 번 글자들을 훑어본다. 이미 수십 번은 읽었을, 수백 번은 고쳤을 문장들.

하지만 이 순간마저도, 또다시 활자들이 낯설게 느껴진다. 여전히 어딘가 부족하고, 어색하다.

내 안에서 또다시 불안이 피어오른다.

완벽하지 않으면 어쩌지?

사람들이 비웃으면 어쩌지?

내가 정말 작가가 될 수 없는 사람이라면 어쩌지?

시간은 당연하게 흘러가고, 5분은 금방이라도 흘러갈 것만 같다.

'가능성 중독'

아무도 평가하지 않는, 그저 가능성이 있을 수 있는 상태로 남아 있는 것이, 어쩌면 더 편할지도 모른다.

실패할 수가 없으니까.

그저, 나는 작가가 될 수 있는 원석으로 남을 수 있을 테니까.

하지만 평생 작가가 아닌 원석으로 남을 수는 없다.

결국 깎이고 나서야, 상처받고 나서야, 비로소 나를 꺼낼 수 있는 것이다.

손 위에 올려져 있는 원고를 들여다본다.
지금이 아니면 안 된다.
이 5분마저 더 미루어 버린다면, 기회가 또 있을까?
숨을 깊게 들이쉬고, 다시 한 번 마음을 가다듬는다.

'내가 언제부터 이렇게 겁이 많아졌지?'
고등학생 때만 해도, 두려울 게 없었다. 무모하리만치 당돌했던 학창 시절. 공모전이 열렸다는 사실 자체에 즐거워하며, 글을 쓰고, 제출하였다.
항상 좋은 성적을 받은 것은 아니지만, 그래도 나름의 성과가 있었고, 내 글을 스스로 즐길 수 있었다.
나는, 작가가 쉽게 될 줄 알았다.

지금은?
점점 공모전에서 수상하는 일이 줄어들고, 다양한 작가들의 글을 읽으며, 나는 그저 평범할 수 있겠구나… 라는 생각을 떨칠 수가 없었다.
책을 좀 좋아한다고 해서, 내가 글을 쓰는 것을 좋아한다고 해서, 쉽게 작가가 될 거라고 생각했던 것이었다.

실패가 두렵고 사람들에게 평가받는 게 무섭다며, 도전하지 않으면 실패할 일도 없다는 생각이 내 안에 자리 잡았다.

가능성이라는 달콤한 꿀을 핥으며, 끈적임 속에서 빠져나오는 바보가 되어 버린 거다.

눈을 감는다.

머리 속으로 나를 내려친다. 계속, 계속 망치질한다.

깨지라고, 이제는 그만 깨지라고. 그만 껍질을 깨고 뭐든 되어 보라고.

언제까지 가능성의 원석(原石)인 상태로 만족하며 살 것이냐고.

나를 깨 버리고 나오는 것이 돌 덩어리인지, 귀한 보석인지는 그저 확인하면 될 뿐이다.

눈을 뜬다.

손에 놓여져 있는 원고를 살며시 테이블 위로 올린다.

"작가님, 이제 수정은 안 돼요."

"상관없어요. 부탁드립니다."

가능성에 머무르지 않고, 진짜 작가의 길을 걷겠다.

무슨 일이 있더라도, 이 길을 포기하지 않겠다.

그래, 깨져 버리고 나오는 것이 보석이 아닌 돌 덩어리면 뭐

어떠냐?

노력하면 될 것을. 노력으로 극복하면 되는데. 돌덩이도 돌덩이 나름의 매력이 있을 것이라고, 그걸 찾기 위해 노력하는 사람이 멋질 것이다. 본인은 그저 돌일 뿐이라고 포기하는 사람보다는 훨씬.

교정을 하던 날들이 떠오른다.

밤을 새우며 원고를 수정하고 또 수정했던 순간들.

어떤 단어를 쓸까,

어떤 문장을 쓸까,

어떻게 문장을 이어 볼까.

그 모든 시간이, 이 순간을 위해 존재했다.

비록 두려움이 사라진 것은 아니지만, 이제는 그만 결실을 맺을 시간이다.

돌이 되든, 원석이 되든, 개미는 될 수 없었다.

24. 서점, 5분

- 김양이, 21세

'나 5분 정도 뒤면 도착할 것 같아! 늦어서 미안!'

약속 장소를 서점으로 잡아서 다행이다. 기다리는 동안 심심하지는 않을 것 같다.

은은하게 들려오는 클래식 음악 소리. 불규칙적으로 들려오는 책장 넘기는 소리. 새 책 냄새. 책 냄새와 어우러져 코를 파고드는 디퓨저 냄새.

어디서부터 시작되었는지 모를, 끝조차 보이지 않는 수많은 책들의 향연. 고동색 나무 책장, 나무를 비추는 여러 주황 조명들. 저마다의 책을 찾고 있는 모자들. 여기저기 자리 잡고 책을 훑어보는 안경들.

설렌다. 재미있다거나 즐겁다는 감정이 아닌, 문자 그대로 설렌다.

나는 오늘 어떤 책을 살 수 있을까?

여느 때처럼 이런저런 책들을 뒤적거리다가, 허탈한 발걸음으로 계단을 오르게 될까?

알 수 없다.

하지만 항상, 이 순간만큼은 기분이 좋다.

매번 늦는 친구 때문에 기다리는 시간을 걱정하다가, 약속 장소로 고른 서점.

사실 책을 엄청 좋아하지는 않는다. 하지만 막연히 책을 구경하는 시간은 좋아한다. 내가 정말로 책을 좋아하는 사람이 되는 것 같은 기분이, 나쁘지 않다.

여행, 사랑, 판타지, 추리, 무협, 참고서, 자기계발, 컴퓨터….

세상에는 정말 다양한 사람들이 있고, 그 사람들의 관심사를 엿보는 재미가 있다.

문득, 머리를 스치는 의문.

내 관심사는 뭐지?

너무 많은데… 매번 바뀐다.

물어보는 상대방에 따라 관심사가 달라지고, 상황에 따라 내가 좋아하는 장르가 달라진다.

오늘의 나는 무엇을 좋아할까?

'선생님! 찾았어요!'

20년 정도 흘렀나, 고스란히 남아 있는 초등학교 2학년 때의

기억,

보물 찾기.

어떤 보물이 있을까, 어디에 숨겨져 있을까. 아마 그 생각밖에 없었을 것이다. 그 생각만으로도 즐거울 수 있었던 시절.

20년이나 흐른 지금, 그때의 시절로 되돌아간 기분이다.

어떤 재미있는 책이 있을까, 어디에 숨겨져 있을까.

괜히 정중앙에 배치되어 있는 책들에는 흥미가 생기지 않는다. 보물은 저런 식으로 자신을 자랑하지 않는다.

걷고, 걷는다.

점점 모자와 안경들이 사라진다. 음악 소리보다는 정적이 더 강해지고, 디퓨저와 새 책의 냄새보다는 헌책들의 냄새가 더 강해진다.

무언가 찾을 수 있을 것 같은 기분이다.

아니, 찾을 수 없어도 상관 없다. 그냥 지금 이 순간이 설렐 뿐이다.

갑자기 을씨년스러워지는 서점 분위기. 왜지?

'철학'

아… 잘못 들어왔다.

괜히 머쓱한 웃음을 지으며 여기저기 살펴본다.

'히피아스, 데카르트, 라이프니츠, 베이컨, 하이데거….'

곳곳에 익숙한 이름이 보이자 괜히 반갑다. 손을 뻗어, 아무 책이나 일단 꺼내 본다.

《철학자처럼 살아 보기》

사실 제목보다는 책 표지 때문에 흥미가 생겼다.

짙은 초록색 표지.

내 책장에 꽂아 두면 기존의 책들과 굉장히 잘 어울릴 것 같은데. 책장을 대충 여러 번 넘기다가 다시 꽂아 넣는다. 어차피 읽지도 않을 것을 알거든.

- 위잉.

'너 어디야? 나 이제 곧 도착해!'

생각보다 친구가 좀 일찍 도착할 것 같다. 오늘도 책 사기는 글렀나.

저멀리 둥둥 떠다니는 모자들이 많은 곳으로 걸어가는 순간, 갑자기 묘하게 시선을 끄는 책이 보인다.

《5분과 5분 사이》

철학 코너라서 그런가, 제목이 참 직관적이지 못하다는 생각을 하며 책장을 가볍게 넘겨 본다. 아무래도 철학은 아닌데, 누군가가 대충 꽂아 둔 것 같다. 하지만 나름 흥미는 생겼다.

가볍고 무거운 다양한 5분들이, 여러 사람들의 순간들이 책에 담겨져 있다.

죽기 직전의 5분과 같은 무거운 5분부터, 고백과 같은 가벼운 5분. 세상에는 다양한 5분들이 존재한다.

모든 5분은 같을 수 없고, 누군가에게는 아무것도 아닌 5분의 순간이, 다른 이에게는 더없이 소중할 수 있을 수 있다.

방금 내 5분은 어땠지? 5분 동안 어떤 사람이었을까.

친구를 기다리기 위해서 서점에서 의미 없는 시간을 때우는 사람이었을까, 혹은 진정으로 나만의 관심사를 찾기 위해 돌아다니는 사람이었을까.

책을 손에 꼭 쥔 채로, 다시 서점을 둘러본다.

수많은 사람들이 자신의 5분을 만들어 내고 있다. 어쩌면 무료하게, 또는 시간의 흐름조차 의식하지 못할 정도로 찰나와 같이.

이 작은 공간에서도 저마다의 수많은 5분이 있다.

'너 어디야? 나 이제 도착했어!'

재촉하는 친구는 무시한 채, 책을 품에 안고, 계산대로 걸어간다.

오늘의 수많은 5분들 중, 나의 가장 특별했던 5분은 언제였을까. 지금이 책을 사는 이 순간이 될까, 혹은 친구를 만난 이후가 될까.

앞으로 가끔은, 그냥 내 5분들의 변화를 살펴보는 재미를 찾을 수 있지 않을까.

5분과 5분 사이

초판 1쇄 발행 2024년 8월 21일

지은이 이어라
펴낸이 이기봉
편집 좋은땅 편집팀
펴낸곳 도서출판 좋은땅
주소 서울특별시 마포구 양화로12길 26 지월드빌딩 (서교동 395-7)
전화 02)374-8616~7
팩스 02)374-8614
이메일 gworldbook@naver.com
홈페이지 www.g-world.co.kr

ISBN 979-11-388-3471-1 (03810)